CB012694

CLÁSSICOS DA JUVENTUDE

1. A Ilha do Tesouro - R. L. Stevenson
2. A Maravilhosa Viagem de Nils Holgersson - Selma Lagerlöf
3. Alice no País das Maravilhas - Lewis Carrol
4. As Aventuras de Tom Sawyer - Mark Twain
5. Aventuras do Barão de Münchhausen - G. A. Burger
6. Dom Quixote de La Mancha - Miguel de Cervantes
7. Ivanhoé - Walter Scott
8. Moby Dick - Herman Melville
9. Pinóquio - Carlos Collodi
10. Robin Hood - Howard Pyle
11. Robinson Crusoé - Daniel Defoe

AVENTURAS
DO BARÃO
DE
MÜNCHHAUSEN

Diretor editorial
Henrique Teles

Produção editorial
Eliana Nogueira

Tradução de
Moacir Werneck de Castro

Ilustrado por
Gustave Doré

Revisão
Eduardo Satlher Ruella

Arte Gráfica
Bernardo Mendes

Diagramação
Nereo Marchesotti

EDITORA GARNIER
Belo Horizonte
Rua São Geraldo, 67 – Floresta – Cep.: 30150-070 – Tel.: (31) 3212-4600
e-mail: vilaricaeditora@uol.com.br

G. A. Burguer

AVENTURAS DO BARÃO DE MÜNCHHAUSEN

GARNIER
desde 1844

Dados Internacionais de Catalogação na Publicação (CIP) de acordo com ISBD

B957a Burguer, G. A.

Aventuras do Barão de Münchhausen / G. A. Burguer. - 2. ed. - Belo Horizonte - G : Garnier, 2020.

174 p. ; 14cm x 21cm.

Inclui índice.
ISBN: 978-65-86588-50-7

1. Literatura alemã. I. Título.

2020-1881 CDD 830
CDU 821.112.2

Elaborado por Vagner Rodolfo da Silva - CRB-8/9410

Índice para catálogo sistemático:

1. Literatura alemã 830
2. Literatura alemã 821.112.2

ÍNDICE

PREFÁCIO

As *Aventuras do barão de Münchhausen* gozam na Alemanha de uma popularidade que, espero, não tardarão a adquirir na França, apesar de seu forte sabor germânico, ou talvez por isso mesmo: o gênio do povo se revela sobretudo no chiste. Como em todas as nações as obras sérias têm por objetivo a busca do belo, que faz parte de sua natureza, elas necessariamente apresentam alguma semelhança, e trazem menos nitidamente impressa a marca da individualidade etnográfica. O cômico, ao contrário, consiste num desvio mais ou menos acentuado do modelo ideal, e oferece portanto uma singular multiplicidade de recursos: pois há mil maneiras de não se conformar com o arquétipo. A *gaieté* francesa nada tem a ver com o *humour* britânico; o *witz* alemão difere da bufoneria italiana, e o caráter de cada nacionalidade aí se revela em sua livre expansão. O barão de Münchhausen, a despeito de suas incríveis petas, não tem nenhum parentesco com o barão de Crac, outro ilustre mentiroso. A *blague* francesa (seja-nos perdoado empregar essa palavra) lança seu fogo de artifício, crepita e espuma como o vinho de Champagne, mas logo se extingue, mal deixando no fundo da taça duas ou três gotas de bebida. Isso seria leve demais para as goelas alemãs, habituadas às cervejas fortes e aos ásperos vinhos do Reno: é-lhes necessário algo mais substancial, mais espesso, mais capitoso. A brincadeira, para causar impressão nesses cérebros cheios de abstrações, de sonhos e de névoa, tem de ser um tanto pesada; tem de insistir, voltar à carga e não se contentar com meias-palavras, que não seriam entendidas. O ponto de partida da piada alemã é buscado, pouco natural, de uma extravagância complicada, e exige explicações prévias bastante laboriosas; mas uma vez colocada a coisa, penetra-se num mundo estranho, caricatural, fantasioso, de uma originalidade quimérica insuspeitada. É a lógica do absurdo, perseguida com uma obstinação que não recua diante de nada. Pormenores de surpreendente veracidade, razões do mais sutil engenho, testemunhos científicos de uma perfeita seriedade contribuem para tornar provável o impossível. Por certo, ninguém chega a acreditar nas narrativas do barão de Münchhausen, mas, apenas ouvidas duas ou três de suas aventuras de terra ou mar, não há quem não se deixe cativar pela candura honesta e minuciosa desse estilo, que outro não seria se ele tivesse de contar uma história verdadeira. As invenções mais monstruosamente disparatadas têm certo ar de verossimilhança quando expostas com aquela tranquilidade ingênua e aquela perfeita segurança. A íntima conexão dessas mentiras, que se encadeiam tão naturalmente umas às outras, acaba por destruir no leitor o sentimento da realidade, e a harmonia do falso é levada tão longe que produz uma ilusão relativa, semelhante à que nos fazem experimentar as *Viagens de Gulliver* a Lilliput e a Brobdignag, ou a *História verdadeira* de Luciano, tipo antigo dessas fabulosas narrativas, tantas vezes imitadas depois. Aqui, o lápis de Gustave Doré aumenta ainda mais o prestígio; ninguém melhor que esse artista, que parece dotado daquele olho visionário do qual falou Victor Hugo a propósito de Albrecht Dürer, poderia infundir uma vida misteriosa e profunda às quimeras, sonhos, pesadelos, formas impalpáveis tocadas de luz e sombra, silhuetas grotescamente caricaturais, e todos os monstros da fantasia; ele comentou as aventuras do barão de Münchhausen com desenhos que parecem as pranchas de uma viagem de circunavegação, por sua fidelidade característica e sua exótica fantasia. Dir-se-ia que, pintor da expedição, copiou ao natural tudo o que descreve o faceto barão germânico, o que confere ao texto um valor de fria gaiatice, ainda mais alemã.

THÉOPHILE GAUTIER

MENDACE VERITAS
CANOVA SC^T 1766

CAPÍTULO I

VIAGEM À RÚSSIA E A SÃO PETERSBURGO

Viajei para a Rússia em pleno inverno, baseando-me no judicioso raciocínio de que, em tempo de frio e neve, as estradas do norte da Alemanha, da Polônia, da Curlândia e da Livônia — mais impraticáveis ainda, segundo o testemunho dos viajantes, que as do templo da virtude — melhoram sem nada dever à solicitude dos governantes. Ia a cavalo, por certo o mais agradável dos meios de transporte desde que, naturalmente, cavaleiro e animal sejam bons: assim não se fica sujeito a altercar com algum mestre de posta germânico, nem obrigado a parar em tudo quanto é taberna, ao capricho de um postilhão sedento. Eu estava mal agasalhado, o que me incomodava à medida que ia avançando rumo a nordeste.

Imaginai agora, sob aquele tempo desagradável, com aquele clima inóspito, um pobre velho deitado a uma sinistra beira de estrada na Polônia, exposto a um vento glacial, mal tendo com que cobrir sua nudez.

O aspecto do pobre homem me confrangeu a alma; e, embora fizesse um frio de enregelar o coração dentro do peito, atirei-lhe o meu capote. No mesmo instante ressoou

no céu uma voz que, louvando minha caridade, bradou: "O diabo que me carregue, meu filho, se essa boa ação ficar sem recompensa!"

Segui viagem até que a noite e as trevas me surpreenderam. Nenhum sinal, nenhum ruído a indicar a presença de uma aldeia: tudo estava coberto pela neve, e eu não sabia o caminho.

Extenuado, sem poder mais, resolvi apear. Amarrei meu ginete a uma espécie de galho de árvore que emergia da neve. Prudentemente, enfiei uma de minhas pistolas debaixo do braço e me estendi na neve. Dormi um sono tão profundo que acordei já com dia claro. Qual não foi meu espanto ao perceber que estava no centro de uma aldeia, no cemitério. De imediato não vi meu cavalo, mas, depois de alguns instantes, escutei um

Ergui a cabeça e dei com meu cavalo pendurado no alto do campanário

relincho por cima de mim. Ergui a cabeça e pude convencer-me de que meu cavalo estava pendurado no galo do campanário. Logo me dei conta do extraordinário acontecimento: eu encontrara o vilarejo inteiramente coberto pela neve; durante a noite, o tempo havia melhorado repentinamente, e, enquanto eu dormia, a neve, ao derreter, me fizera baixar com toda suavidade até o chão; e a coisa que, no escuro, eu tomara por um galho de árvore, nada mais era que o galo do campanário. Prontamente, tomei de uma das minhas pistolas, atirei na brida e, todo feliz por haver recobrado a posse do meu animal, continuei viagem.

Tudo foi muito bem até minha chegada à Rússia, onde não é hábito andar a cavalo no inverno. Como tenho por princípio adaptar-me aos usos e costumes dos países onde me encontro, arranjei um pequeno trenó de um só cavalo e rumei para São Petersburgo.

Não sei se foi na Estônia ou na Íngria, mas lembro-me ainda perfeitamente de estar no meio de uma floresta medonha quando me vi perseguido por enorme lobo, que o aguilhão da fome tornava ainda mais feroz. Logo me alcançou; não me era mais possível escapar-lhe: estendi-me maquinalmente no fundo do trenó, deixando que meu cavalo se safasse sozinho e defendesse da melhor maneira possível a minha integridade. Aconteceu o que eu presumia, mas não ousava esperar. Sem se preocupar com minha modesta pessoa, o lobo saltou por cima de mim, atirou-se com fúria ao cavalo e devorou de uma só vez todo o traseiro do pobre animal, que, impelido pelo medo e pela dor, se pôs a correr ainda mais depressa. Eu estava salvo! Levantei furtivamente a cabeça e vi que o lobo ia avançando cavalo adentro, à medida que o comia. A ocasião era boa demais para que eu a deixasse escapar; não fiz nem uma nem duas: agarrei meu chicote e comecei a zurzir o lobo com todas as minhas forças. Essa inesperada sobremesa causou-lhe não pequeno susto: ele se lançou para a frente com toda a velocidade, o cadáver de meu cavalo caiu por terra e — estranha coisa! — meu lobo ficou atrelado em lugar dele nos arreios. De minha parte, chicoteei-o com redobrada força, e assim, naquela marcha, não tardamos em chegar sãos e salvos a São Petersburgo, contra a expectativa de ambos e para grande pasmo dos transeuntes.

Não é meu intuito, cavalheiros, importunar-vos com tagarelices acerca dos costumes, artes, ciências e outras particularidades da brilhante capital da Rússia; menos ainda vos tomaria o tempo com as bisbilhotices e as alegres aventuras em que é fértil a sociedade elegante, onde as damas oferecem aos estrangeiros uma generosa hospitalidade. Prefiro chamar vossa atenção para objetos mais elevados e mais nobres; por exemplo, para os cavalos e os cães, aos quais sempre dediquei grande estima; ou então para as raposas, os lobos e os ursos, em que a Rússia, já tão rica em todo tipo de caça, é mais abundante que qualquer outro país da terra. Prefiro falar-vos, enfim, daquelas festas, daqueles exercícios cavalheirescos, daquelas ações de raro brilho, que melhor adornam um gentil homem do que tiradas pedantes em latim ou grego, ou do que esses saquitéis de perfume; essas gatimonhas e essas piruetas de franceses metidos a espirituosos.

Como transcorreu algum tempo antes que eu pudesse entrar em serviço, tive, durante uns dois meses, o lazer e a completa liberdade para gastar meu tempo e meu dinheiro da maneira mais nobre possível. Passei muita noite jogando, muita noite erguendo copos. O rigor do clima e os costumes da nação conferiam à garrafa uma importância social das mais conspícuas, o que não sucede na nossa sóbria Alemanha. Encontrei na Rússia pessoas que são artistas consumados nesse gênero de exercício; mas todos não passavam de pobres diabos ao lado de um velho general de bigodes grisalhos e pele acobreada, que jantava conosco na mesa comum. Esse bravo militar tinha perdido a parte superior do crânio numa batalha contra os turcos; por isso, sempre que aparecia um estranho ele se excusava da maneira mais cortês do mundo por ficar à mesa de chapéu na cabeça. Tinha por hábito entornar, enquanto comia, algumas garrafas de aguardente e, para arrematar, esvaziava um frasco de araca, às vezes dobrando a dose, conforme as circunstâncias; apesar de tudo, era impossível vislumbrar nele o menor sinal de embriaguês. A coisa vos intriga, sem dúvida, e a mim fez a mesma impressão. Por muito tempo fiquei sem saber o que pensar, até que um dia, casualmente, descobri a chave do enigma. O general costumava de vez em quando tirar o chapéu; observei-lhe frequentemente esse gesto, sem nada achar de insólito. Não era de surpreender que sentisse calor na testa, e menos ainda

que sua cabeça necessitasse de ar. Acabei, entretanto, notando que, junto com o chapéu, ele erguia uma placa de prata que ali estava fixada, e então a fumaça das bebidas espirituosas que ingeria evolava-se em tênues nuvens. Estava resolvido o enigma. Comuniquei minha descoberta a dois amigos, prontificando-me a lhes demonstrar que estava certo. Fui-me postar, com meu cachimbo, bem atrás do general e, no momento em que ele levantava o chapéu, cheguei à fumaça um pedaço de papel aceso. Pudemos gozar de um espetáculo tão inédito quão admirável. Eu transformara em coluna de fogo a coluna de fumaça que subia da cabeça do general; e os vapores, retidos pela cabeleira do velho, formavam um halo azulado, como jamais outro halo brilhou em redor da cabeça do maior santo. O general deu pela minha experiência; mas tão pouco se zangou que várias vezes nos permitiu repetir o exercício, que lhe dava um ar dos mais veneráveis.

CAPÍTULO II

HISTÓRIAS DE CAÇA

Guardo silêncio sobre uma série de episódios alegres de que fomos atores ou testemunhas em situações análogas, porque desejo contar-vos algumas histórias cinegéticas muito mais maravilhosas e interessantes que tudo isso.

Desnecessário será dizer-vos, senhores, que minha sociedade predileta se compunha desses bravos companheiros que sabem apreciar o nobre prazer da caça. As circunstâncias que envolveram todas as minhas aventuras e a felicidade que guiou todas as minhas ações permanecerão entre as mais formosas lembranças de minha vida.

Certa manhã avistei da janela de meu quarto, em lagoa que ficava bastante próxima, um bando de patos selvagens que a cobria toda. Agarrando sem demora a minha espingarda, desci escada abaixo numa correria tamanha que dei com a cara na porta: vi mil estrelas em pleno dia, mas nem por isso desperdicei um segundo. Quando ia atirar no momento em que visava, percebi, para meu grande desespero, que o violento choque com o rosto fizera cair ao mesmo tempo a pederneira da minha espingarda. Que fazer? Não havia tempo a perder. Por sorte, lembrei-me do que vira momentos antes. Abri a caçoleta, apontei a arma na direção da caça e soquei com um punho um dos meus olhos. Esse vigoroso golpe fez saírem numerosas fagulhas, o bastante para inflamar a pólvora; a espingarda disparou e eu matei cinco casais de patos, quatro cercetas e duas galinhas-d'água. Isso prova que a presença de espírito é a alma das grandes ações. Se presta serviços inestimáveis ao soldado e ao marinheiro, também o caçador lhe deve mais de um bom sucesso.

Assim, por exemplo, recordo que um dia, num lago a cuja borda me conduziu uma de minhas excursões, avistei algumas dúzias de patos selvagens, por demais disseminados para que eu pudesse atingir com um só tiro um número suficiente deles. Para cúmulo do azar, minha última carga estava na espingarda, e eu justamente queria abatê-los todos, pois ia receber numerosos amigos e conhecidos.

Ocorreu-me então que ainda trazia em minha bolsa de caça um pedaço de toucinho, resto das provisões de que me abastecera ao partir. Amarrei o pedaço de toucinho à corda do meu cão, desdobrando-a em dois e atando quatro fios ponta a ponta; depois me esgueirei por entre os juncos da margem, joguei minha isca e logo tive a satisfação de ver um primeiro pato aproximar-se rapidamente e engoli-la, Os outros o seguiram e como, graças à untuosidade do toucinho, minha isca não tardava em atravessar cada um dos patos de ponta a ponta, um segundo a abocanhou, depois um terceiro, e assim por diante. Após alguns instantes, meu naco de toucinho atravessara todos os patos, sem se separar de sua corda: enfiara-os como se fossem pérolas. Voltando para a margem todo alegre, dei cinco ou seis voltas à corda em redor do corpo e dos ombros, e retornei à casa.

Como tinha ainda uma boa caminhada a fazer e aquela quantidade de caça me molestava singularmente, comecei a me arrepender de haver trazido tantos patos. Mas, a essa altura, sobreveio um acontecimento que, de início, me causou alguma inquietação: voltando a si do primeiro susto, os bichos começaram a bater asas e assim me fizeram subir com eles aos ares. Outro que não eu ficaria preocupadíssimo. Mas tratei de me

Enfiara-as como se fossem pérolas

adaptar à situação: usando as abas de minha sobrecasaca como se fossem remos, guiei-me para minha residência. Ao chegar em cima da casa, diante do problema de pousar no solo sem nada quebrar, fui torcendo um a um o pescoço aos meus patos e desci pelo tubo da chaminé. Para grande surpresa do meu cozinheiro, caí na lareira, que por sorte não estava acesa.

Tive aventura semelhante, dessa vez com um bando de perdizes. Saíra a experimentar uma nova espingarda, e esgotara minha provisão de chumbo miúdo quando, abruptamente, vi erguer voo aos meus pés todo um bando de perdizes. O desejo de ter algumas delas em minha mesa, aquela noite mesmo, inspirou-me um expediente que, palavra, senhores, vos aconselho usar em situação análoga. Apenas observei o local onde a caça havia descido, carreguei rapidamente a minha arma, nela enfiando, à guisa de chumbo, a própria vareta, cuja ponta ficou de fora do cano.

Aproximei-me das perdizes e atirei no momento justo em que levantavam voo. A alguns passos de distância, minha

Guiei-me para minha casa

vareta caiu ornada de sete peças, que por certo ficaram espantadíssimas ao se verem assim espetadas — o que vinha confirmar o provérbio: "Ajuda-te, que o céu te ajudará".

De outra feita encontrei numa grande floresta da Rússia uma raposa azul realmente magnífica. Seria pena esburacar aquela pele tão preciosa com uma bala ou uma descarga de chumbo. O raposão estava agachado atrás de uma árvore. Retirei logo a bala do cano e troquei-a por um prego de bom tamanho: fiz fogo, e com habilidade tal que a cauda da raposa ficou pregada à árvore. Vai daí, avancei calmamente para o animal, tomei da minha faca de caça e fiz-lhe no focinho um duplo corte em forma de cruz; agarrei em seguida o meu chicote e a expulsei tão perfeitamente da pele que foi uma beleza assistir.

O acaso se encarrega às vezes de corrigir nossos erros. Eis um exemplo. Certo dia, vi numa densa floresta um javali fêmea e um javalizinho que corriam em minha direção. Atiro e erro. Mas eis que o javalizinho continua a corrida, e a mãe para, imóvel, como que pregada ao solo. Chego perto para averiguar a causa dessa imobilidade e então percebo que estou diante de um javali cego, que segurava entre os dentes a cauda do filho, o qual, num belo exemplo de amor filial, lhe fazia às vezes de guia. Minha bala, passando por entre os dois animais, cortara o fio condutor, do qual a mamãe javali ainda conservava uma ponta: não se sentindo mais puxada pelo guia, estacou. Segurei aquele pedaço de cerda e trouxe para casa, sem esforço nem resistência, a pobre inválida.

Por perigosa que fosse a fêmea, o javali macho é sem dúvida muito mais temível e feroz. Certa vez topei com um, num bosque, em situação de completo despreparo, quer para a defesa quer para o ataque. Mal tive tempo de me abrigar atrás de uma árvore: o animal se atirou sobre mim com toda a violência, procurando atingir-me de lado; entretanto, ao invés de me penetrarem no corpo, suas presas se cravaram tão profundamente no tronco da árvore que não pôde retirá-las para investir de novo.

— Há! Há! — pensei — agora vamos acertar contas!

Apanhei uma pedra e bati com toda força nas presas, de modo a arrebitá-las e impedi-lo completamente de se desprender. Só lhe restava esperar que eu decidisse o seu destino: fui até a aldeia mais próxima em busca de cordas e de uma carrocinha, e trouxe-o para casa, fortemente amarrado e vivinho.

Seguramente, senhores, já ouvistes falar de Santo Huberto, padroeiro dos caçadores, e do veado que lhe apareceu numa floresta, trazendo a santa cruz entre os chifres. Nunca deixei de festejar todo ano esse santo, em boa companhia, e inúmeras vezes vi aquele cervo representado em pinturas nas igrejas, assim como no peito dos cavaleiros da Ordem que tem o nome do santo. Não poderia pois, em sã consciência, por minha honra de caçador, negar que tenha havido outrora cervos portadores da cruz, nem mesmo que os haja ainda agora. Mas, sem entrar nessa discussão,

permiti-me contar o que vi com os meus próprios olhos. Um dia em que não dispunha mais de chumbo, deparei, por inesperado acaso, com o mais belo veado que se possa imaginar. Ele estacou e olhou-me fixamente, como se soubesse que minha reserva de chumbo estava esgotada. Imediatamente meti na espingarda uma carga de pólvora, à qual acrescentei um punhado de caroços de cereja, livrando-os o mais depressa possível da polpa. Fiz fogo na testa, no meio dos chifres. O golpe aturdiu-o: ele cambaleou, mas se refez e sumiu. Um ou dois anos depois passei pelo mesmo bosque e — ó surpresa! — avisto um magnífico veado que trazia em sua galhada uma soberba cerejeira, de pelo menos dez pés de altura. Lembrei-me então de minha aventura anterior e, considerando o animal como antiga propriedade minha, abati-o com um tiro, com o que ganhei ao mesmo tempo o assado e a sobremesa, pois a árvore estava carregada de frutas, as melhores e mais delicadas cerejas que já comi em minha vida. Quem, depois disso, poderá garantir que algum devoto e apaixonado caçador não tenha do mesmo modo semeado a cruz entre os cornos do veado de Santo Huberto? Em casos extremos, o bom caçador recorre a qualquer expediente para não deixar escapar a oportunidade; e eu mesmo me vi muitas vezes obrigado a safar-me das situações mais perigosas valendo-me apenas da minha habilidade.

Avistei um magnífico veado que trazia em sua galhada uma soberba cerejeira

Que direis, por exemplo, do caso seguinte?

Caía a noite, e eu me encontrava sem munição alguma numa floresta da Polônia. Quando voltava para casa, um urso imenso, furioso, de fauce aberta, pronto a me devorar, barra-me a passagem. Debalde procuro em todos os meus bolsos pólvora e chumbo. Só encontrei duas pederneiras de espingarda que tinha o hábito de trazer comigo, por precaução. Atirei com toda força uma delas na goela da fera, e a pedra foi até o fundo. É claro que o monstro não gostou nada e fez meia volta, o que me permitiu atirar a segunda pedra contra a sua porta dos fundos. Esse recurso deu admiravelmente certo. O segundo projétil chegou ao endereço, e mais, encontrou-se com o primeiro. Do choque resultou fogo, e lá se foi o urso pelos ares, numa explosão tremenda. Tenho certeza de que um argumento a *priori* assim lançado contra um argumento a *posteriori* faria, no plano moral, efeito análogo sobre mais de um sábio.

Estava escrito que eu seria atacado pelos bichos mais terríveis e ferozes, precisamente nos momentos em que menos preparado me achava para enfrentá-los, como se o instinto os advertisse de minha fraqueza. Assim é que uma vez, quando eu acabava de desatarraxar a pederneira de minha espingarda para atiçá-la, um urso monstruoso se atira em cima de mim. Tudo o que restava fazer era refugiar-me numa árvore, para preparar minha defesa. Infe-

E lá se foi o urso pelos ares, numa explosão tremenda.

lizmente, ao subir deixei cair minha faca, e passei a só dispor dos dedos, o que era insuficiente para colocar a pederneira no devido lugar. O urso se erguia ao pé da árvore e eu já contava ser devorado de um momento para outro.

Poderia ter acendido a minha escorva tirando fogo dos meus olhos, como fizera em circunstância anterior; mas esse expediente não me seduzia: causara-me uma doença de olhos da qual ainda não estava inteiramente curado! Eu olhava desesperadamente a minha faca encravada na neve; mas todo o meu desespero não melhorava em absoluto a situação. Afinal veio-me uma ideia tão feliz quão singular. Sabeis todos, por experiência, que o bom caçador, como o filósofo, sempre traz consigo tudo o que é seu: quanto a mim, minha bolsa é um verdadeiro arsenal, capaz de fornecer recursos para todas as eventualidades. Remexi dentro dela e tirei primeiro um rolo de barbante, depois um pedaço de ferro recurvo, depois uma caixinha cheia de caroços: como estes se achavam endurecidos pelo frio, encostei-os ao peito para os amolecer. Em seguida amarrei ao barbante o pedaço de ferro, untando-o fartamente

com os caroços, e deixei-o cair ao chão. O pedaço de ferro bem lambuzado se fixou ao cabo da faca tanto mais depressa quanto os caroços, resfriando-se ao contato com o ar, formavam uma espécie de cola; assim, manobrando com cautela, consegui fazer subir a faca. Mal havia atarraxado minha pederneira, mestre urso começou a trepar na árvore.

— Com os diabos, pensei, é preciso ser urso para escolher tão bem a ocasião!

Acolhi-o com tão formidável descarga que ele perdeu para todo o sempre a vontade de subir em árvores.

De outra vez, fui acossado tão de perto por um lobo que não tive, para me defender, outro remédio senão meter-lhe o punho pela goela adentro. Impelido pelo instinto de conservação, enterrei-o cada vez mais profundamente, a tal ponto que todo o meu braço ficou lá dentro. Mas, que fazer depois? Pensai um pouco em minha situação: cara a cara com um lobo! Asseguro-vos que a coisa não estava para gentilezas: se eu puxasse o braço, o animal infalivelmente me pularia em cima, pois tal era a intenção que eu lia com toda clareza em seu olhar chamejante.

Num átimo, agarrei-lhe as entranhas, puxei-as, virei o bicho pelo avesso, como se fosse uma luva, e larguei-o morto na neve.

Eu não teria por certo empregado esse método contra um cão raivoso que me perseguiu um dia num beco de São Petersburgo.

— Desta vez, disse comigo, só te resta dar às de vila-diogo!

Para correr melhor, livrei-me do meu capote, refugiando-me em casa o mais rápido possível. Mandei que o criado fosse buscar o capote, que ele tornou a pôr no armário, junto com outras peças do meu vestuário. No dia seguinte ouvi uma grande algazarra em casa, e o João que corria para mim, aos gritos:

— Deus nos acuda, senhor barão, seu capote está atacado de raiva!

Precipitei-me, e vejo todas as minhas roupas rasgadas, feitas em tiras. O tratante dissera a verdade: meu capote estava atacado de raiva. Cheguei no momento exato em que o furibundo se lançava em cima de um belo traje de gala, novinho, e o estraçalhava da maneira mais impiedosa.

O tratante dissera a verdade meu capote estava atacado de raiva

CAPÍTULO III

DOS CÃES E DOS CAVALOS DO BARÃO DE MÜNCHHAUSEN

Em todos os transes difíceis de que sempre me saí bem, embora não raro com risco de vida, a coragem e a presença de espírito me levaram a vencer os obstáculos. Essas duas qualidades é que fazem, como todo mundo sabe, o bom caçador, o bom soldado e o bom marinheiro. No entanto, imprudente e censurável seria o caçador, almirante ou general que confiasse de modo absoluto em sua presença de espírito ou coragem, sem apelar para os ardis, os instrumentos ou os auxiliares suscetíveis de assegurar o bom êxito de sua empresa. No que me toca, estou a salvo dessa censuras pois posso gabar-me de ter sido sempre citado, seja pela excelência dos meus cavalos, de meus cães e de minhas armas, seja pela notável habilidade com que deles faço uso. Não vos cansarei com pormenores sobre minhas cavalariças, meus canis e minhas salas de armas, corno costumam fazer os palafreneiros e amestradores de cavalos; mas não posso deixar de falar-vos de dois cães que se destacaram tão particularmente a meu serviço que jamais os esquecerei.

Um era um perdigueiro tão infatigável, tão inteligente e tão prudente que ninguém podia vê-lo sem invejar o dono. Dia e noite ele era extraordinário; à noite eu lhe amarrava uma lanterna no rabo e, com esse equipamento, ele caçava tão bem, talvez melhor, que em dia claro.

Pouco tempo depois de meu casamento, minha mulher manifestou desejo de participar de uma caçada. Tomei a dianteira para tentar levantar alguma caça, e dentro em pouco vejo meu cachorro imobilizado diante de um bando de algumas centenas de perdizes. Esperei por minha mulher, que vinha mais atrás, com meu lugar-tenente e um criado. Esperei muito tempo, não chegava ninguém, afinal, bastante preocupado, fiz meia volta e, no caminho, ouvi gemidos lancinantes; pareciam muito próximos, e no entanto eu não percebia viv'alma.

Apeei do cavalo e, aplicando o ouvido ao chão, não somente apurei que os gemidos vinham de baixo da terra como reconheci a voz de minha mulher, do lugar-tenente e do criado. Observei ao mesmo tempo que, não longe do lugar onde eu estava, abria-se um poço de mina de carvão. Não tive mais dúvida de que minha consorte e seus infelizes companheiros ali estavam soterrados. Corri como alucinado até a próxima aldeia, em busca da ajuda de mineiros. Com grande esforço, conseguiram retirar os desgraçados daquele poço, que tinha pelo menos noventa pés de profundidade.

Içaram primeiro o criado e seu cavalo, depois o lugar-tenente e o cavalo deste; por último, minha mulher e depois dela o seu puro-sangue. O mais curioso da história é que, apesar dessa queda tremenda, ninguém, nem gente nem animais, ficara ferido, salvo algumas contusões insignificantes; mas estavam tomados de intenso pavor. Como podeis imaginar, não havia hipótese de prosseguirmos na caçada, e se, como suponho, a narrativa vos fez esquecer o cão, perdoar-me-eis por havê-lo também esquecido após tão terrível ocorrência.

Logo no dia seguinte tive de viajar por motivo de serviço, ficando quinze dias ausente. Apenas voltei, pedi notícias de minha Diana. Ninguém se preocupara. Meu pessoal pensava que ela me havia acompanhado; em suma, o mais provável é que nunca mais lhe pusesse os olhos em cima. Afinal, veio-me uma ideia luminosa.

— Talvez tenha ficado lá, pensei com meus botões, parada diante daquele bando de perdizes!

Abalei imediatamente para o local, cheio de esperança e alegria. E que encontro? Minha cadela, imóvel no mesmo ponto em que a tinha deixado quinze dias antes. "Vamos!" , gritei-lhe, e no mesmo instante ela rompeu a parada, fez debandar as perdizes e eu abati vinte e cinco aves com um só tiro. Mas a pobre bichinha não teve forças para chegar até junto de mim, tão exausta e esfomeada estava. Para trazê-la de regresso à casa tive que carregá-la comigo a cavalo; de resto, bem podeis imaginar a alegria com que me submeti a esse desconforto. Alguns dias de descanso e bom tratamento a fizeram tão lesta e viva como antes. Só algumas semanas mais tarde pude resolver um enigma que, não fosse a minha cachorra, me quedaria para sempre incompreensível.

Içaram primeiro o criado

Levava eu já dois dias a perseguir encarniçadamente uma lebre. Minha cadela a trouxe para perto várias vezes, e eu nada de conseguir atirar. Não creio em feitiçarias, mas confesso que aquela maldita lebre me pôs fora de mim. Afinal chegou tão próxima que a toquei com a ponta de minha carabina. Ela deu uma cambalhota e que pensais, senhores, que descobri? — Minha lebre tinha quatro patas na barriga e outras quatro nas costas. Quando os dois pares de cima se cansavam, ela dava volta, como um nadador exímio que nada alternativamente de peito e de costas, e seguia correndo ainda mais veloz com seus dois pares repousados.

Nunca mais vi nenhuma lebre como aquela, e com certeza não a teria apanhado com qualquer outra cachorra. Diana superava de tal maneira todas as de sua raça que não recearia a pecha de exagerado proclamando-a única, se tal honra não lhe tivesse, sido disputada por um lebréu de minha propriedade. Esse animalzinho era menos notável pela beleza que pela incrível rapidez. Se os senhores o tivessem visto, por certo o

admirariam, e não achariam surpreendente que eu lhe quisesse tanto bem e tivesse tamanho prazer em caçar com ele. O lebréu correu tão depressa e durante tanto tempo a meu serviço que gastou as patas até acima do jarrete e, na sua velhice, pude empregá-lo com sucesso na qualidade de cão de busca.

Enquanto esse interessante animal era ainda lebréu, ou, para ser mais exato, lebreia, fez-me levantar uma lebre que me pareceu de uma gordura fora do comum. Minha cadela, naquela época, estava prenhe, e causavam-me dó os esforços que fazia para correr com a velocidade habitual. De repente ouvi uns ganidos, dir-se-ia que de uma matilha inteira, mas ao mesmo tempo débeis e vagos, a ponto de não se poder precisar de onde partiam. Ao me aproximar, deparou-se-me a coisa mais espantosa do mundo.

A lebre havia parido enquanto corria; o mesmo fizera a minha cachorra; e tinham nascido exatamente tantas lebrinhas quantos cachorrinhos. Por instinto, as primeiras se puseram em fuga, e também por instinto os segundos não somente as perseguiram como as agarraram, de sorte que terminei com seis cães e seis lebres uma caçada que encetara com um só cão e uma só lebre.

Não posso deixar de ligar à lembrança dessa admirável cadela a de um esplêndido cavalo lituano, que me deu oportunidade de exibir gloriosamente minha perícia de cavaleiro. Encontrava-me numa propriedade do conde Przobovski, na Lituânia, e deixara-me ficar no salão a tomar chá com as damas, enquanto os homens iam até o pátio examinar um jovem puro-sangue recém-chegado da coudelaria. Súbito, ouvimos um grito de angústia.

Desci a escada a toda pressa e dei com o cavalo tão furioso que ninguém ousava montá-lo, nem sequer aproximar-se dele; os cavaleiros mais corajosos permaneciam imóveis, muito contrafeitos: o medo se estampava em todos os rostos. De um salto lancei-me em cima do animal, surpreendendo-o e dominando-o por essa afoiteza; meus talentos hípicos acabaram de domá-lo, tornando-o dócil e obediente. Para tranquilizar as senhoras, fi-lo entrar no salão pela janela; repeti várias vezes a façanha, a passo, a trote e a galope, e, para concluir, fui para cima da própria mesa, onde executei as mais elegantes piruetas da alta escola, o que muito entusiasmou a minha plateia.

Fui para cima da própria mesa

Meu cavalo se deixou guiar tão bem que não quebrou um vidro, uma chávena. Esse acontecimento fez crescer de tal modo o meu prestígio junto às senhoras e ao conde que este, com sua costumeira fidalguia, me rogou tivesse a bondade de aceitar o potro — que, aliás, me levaria à vitória na campanha contra os turcos, a ser desfechada dali a pouco tempo sob as ordens do conde Munich.

CAPÍTULO IV

AVENTURAS DO BARÃO DE MÜNCHHAUSEN NA GUERRA CONTRA OS TURCOS

Por certo seria difícil fazerem-me presente melhor que aquele, do qual eu muito esperava para a próxima campanha e que me deveria servir para vencer as provas por que tinha de passar. Um cavalo tão dócil, tão bravo, tão fogoso — cordeiro e bucéfalo a um tempo — colocar-me-ia à altura dos meus deveres de soldado e me faria recordar, ademais, os feitos heroicos do jovem Alexandre em suas famosas guerras.

O principal objetivo da nova campanha era restaurar a honra das armas russas, bastante comprometida no rio Prut, ao tempo do tsar Pedro. Conseguimo-lo após rudes mas gloriosos combates, e graças ao talento do general que citei há pouco.

Proíbe a modéstia atribuírem-se aos subalternos belos feitos de armas; comumente a glória cabe aos chefes, por ineptos que sejam, aos reis e às rainhas que só nos exercícios conheceram o cheiro da pólvora, e que só nas paradas assistiram a manobras militares.

Assim, não reivindico a mínima parcela da glória de que nosso exército se cobriu em muitas refregas. Todos cumprimos o nosso dever, palavra que na boca do cidadão, do soldado, do homem de bem, encerra uma significação muito maior do que imaginam os cavalheiros que ficam por aí bebendo cerveja. Como eu então comandava um corpo de hussardos, tive de realizar diversas expedições onde minha experiência e minha coragem mereciam inteira confiança. Para ser justo, porém, devo dizer que grande parte dos meus sucessos se deve àqueles bravos companheiros que eu conduzia à vitória.

Uma ocasião em que repelíamos um ataque dos turcos, sob os muros de Orczakow, a vanguarda viu-se empenhada a fundo. Eu ocupava um posto avançado. De repente vi chegar do lado da cidade um batalhão inimigo, envolvido por uma nuvem de poeira que me impedia avaliar o número e a distância em que se encontrava. Cobrir-me de uma nuvem semelhante seria estratagema vulgar, e além do mais me faria perder o meu alvo. Manobrei os meus soldados pelas alas, recomendando-lhes que erguessem o máximo possível de poeira. Quanto a mim, avancei diretamente sobre o inimigo, para saber ao certo a quantas andava.

Alcancei-o: ele a princípio resistiu, só cedendo quando meus soldados vieram lançar o pânico em suas fileiras.

Dispersamo-lo completamente, fizemos-lhe grande carnificina e o obrigamos não somente a recuar até suas posições como ainda para além, de modo que fugiu pela porta dos fundos, resultado que não ousáramos esperar.

Como meu corcel lituano era extremamente veloz, fui o primeiro a alcançar a retaguarda dos fugitivos e, observando que o inimigo corria para o outro lado da cidade achei conveniente parar na praça do mercado e ali fazer soar o toque de reunir. Mas imaginai o meu estupor, ao não ver em meu redor nem corneta nem nenhum dos meus hussardos.

— Que foi feito deles? perguntei comigo. Ter-se-iam espalhado pelas ruas?

Contudo, não podiam estar muito longe; não tardariam a me alcançar. Enquanto esperava, levei o meu lituano a beber água na fonte que ficava no meio da praça. Começou a beber de maneira desbragada, sem que isso lhe parecesse matar a sede. Logo tive a explicação do singular fenômeno: ao me voltar para saber se os meus já estavam chegando, que imaginais que vi, senhores? Faltava toda a parte traseira do meu cavalo! Tinha sido cortada de um golpe. A água se escoava por trás à medida que entrava pela frente, dela não ficando nada no animal.

Como acontecera aquilo? Eu não podia atinar, até que meu hussardo, chegando pelo lado oposto ao que eu viera, e em meio a uma torrente de cordiais felicitações e pragas vigorosas, me contou o que se segue. Enquanto eu me lançava de supetão no meio dos fugitivos, tinham deixado cair bruscamente o gradil da porta, que cortara rente o traseiro de meu cavalo. Essa segunda parte do animal ficara a princípio entre as hostes do inimigo, fazendo terríveis estragos; depois, não conseguindo penetrar na cidade, encaminhara-se a um prado vizinho, onde eu certamente a encontraria. Imediatamente dei meia volta, e a parte dianteira do meu cavalo me transportou a todo galope para o prado. Ali, para minha grande alegria, encontrei a outra metade, que se entregava às evoluções mais engenhosas e passava alegremente o tempo com as éguas que vagueavam pela pastagem.

A água se escoava por trás à medida que entrava pela frente.

Certificando-me de que as duas partes do meu cavalo estavam bem vivas, mandei chamar o nosso veterinário. Sem perda de tempo, ele as reajustou com a ajuda de ramos de louro que havia por perto, e o ferimento sarou normalmente. Aconteceu então algo que só podia se passar com animal tão insigne. Os galhos se enraizaram no seu corpo e cresceram, formando em redor de mim como que um caramanchão, à sombra do qual realizei mais de um feito brilhante.

Quero relatar-vos aqui um pequeno contratempo que resultou desse caso extraordinário. Tão prolongadamente, tão vigorosamente e tão implacavelmente caíra eu de sabre em cima do inimigo que meu braço conservava esse movimento muito depois de já haverem os turcos dado sumiço. Com medo de me ferir, e sobretudo de ferir os meus que se aproximassem, fui obrigado a ficar durante oito dias com o braço atado ao corpo, como se amputado o tivesse.

Quando um homem monta um animal como o meu lituano, bem o haveis de imaginar, senhores, capaz de outro feito que, à primeira vista, dir-se-ia coisa fabulosa. Sitiávamos uma cidade de cujo nome não me recordo, e era da mais alta importância para o marechal-de-campo saber o que se passava por lá: parecia impossível penetrar nela, pois seria necessário atravessar postos avançados, patrulhas e obras de defesa; ninguém ousaria encarregar-se de semelhante missão. Talvez demasiado confiante em minha coragem, arrebatado pelo zelo, fui postar-me ao lado de um dos nossos grandes canhões e, no momento em que a bala partia, montei nela, como único modo de entrar na cidade. Mas, a meio caminho, comecei a refletir.

— Hum! — pensei. — Ir, muito bem; mas e voltar? Que acontecerá quando eu chegar à cidade? Vão-me tratar como um espião, prendem-me, penduram-me na primeira árvore! Não é um fim digno do barão de Münchhausen!

Tendo feito essa reflexão, seguida de muitas outras do mesmo gênero, vislumbrei um projetil, dirigido da fortaleza contra o nosso acampamento, que passava voando a alguns passos de mim; saltei-lhe em cima e regressei ao meio dos meus, sem ter, é certo, realizado o meu projeto, mas pelo menos são e salvo.

Se eu não me tivesse puxado pelo próprio rabicho.

Se eu era presto e ágil na meia-volta, meu cavalo não fazia por menos. Não havia sebe nem fosso que o conseguisse deter; ia sempre avante. Certo dia, uma lebre que eu perseguia lançou-se à estrada; nesse mesmo momento, uma carruagem onde viajavam duas belas senhoras veio separar-me da caça. Meu cavalo passou tão célere e suavemente através da carruagem, cujos vidros estavam abaixados, que mal tive tempo de tirar o chapéu para implorar àquelas damas que me perdoassem a enorme liberdade tomada.

Outra ocasião, quis saltar uma lagoa, e quando me encontrava no meio percebi que era bem maior do que imaginara. Em pleno salto puxei a rédea para trás e voltei à margem de onde acabava de arrancar, para tomar novo impulso; mas ainda dessa vez me saí mal, e afundei na lagoa até o pescoço. Teria morrido com toda certeza se, com a força de meu próprio braço, não me tivesse puxado pelo meu próprio rabicho, a mim e a meu cavalo, apertando-o fortemente entre os joelhos.

CAPÍTULO V

AVENTURAS DO BARÃO DE MÜNCHHSEN DURANTE SEU CATIVEIRO ENTRE OS TURCOS. REGRESSO À PÁTRIA

Sem embargo de toda a minha coragem, e apesar da rapidez, da perícia e da agilidade de meu cavalo, nem sempre alcancei, na guerra contra os turcos, os sucessos almejados. Tive mesmo a infelicidade — vencido pelo número — de cair prisioneiro; e o que é mais triste, embora seja hábito entre aquela gente, fui vendido como escravo.

Reduzido a essa condição humilhante, dedicava-me a um trabalho mais singular que penoso, mais aborrecido que aviltante. Encarregaram-me de levar toda manhã ao campo as abelhas do sultão, de vigiá-las o dia inteiro e trazê-las à noitinha para a colmeia. Uma noite dei por falta de uma abelha; mas logo percebi que tinha sido atacada por dois ursos que queriam despedaçá-la para se apoderarem do seu mel. Não tendo em mãos outra arma a não ser a machadinha de prata que é o símbolo distintivo dos jardineiros e dos lavradores do sultão, lancei-a contra os dois ladrões, no intuito de assustá-los. Consegui de fato libertar a coitada da abelha; mas o impulso dado por

meu braço fora forte demais: a machadinha subiu nos ares, tão alto, tão alto, que foi parar na lua. Como reavê-la? Onde encontrar uma escada para ir buscá-la?

Ocorreu-me então que a ervilha turca cresce muito depressa e até uma altura fora do comum. Plantei imediatamente uma, que começou logo a crescer e acabou enrolando sua extremidade em redor dos cornos da lua. Trepei lepidamente até o astro, aonde cheguei sem maiores tropeços. Não foi pequeno o trabalho de procurar minha machadinha num lugar onde todos os objetos são também de prata. Afinal encontrei-a em cima de um monte de palha.

Pensei então no retorno. Mas, ó desespero! o calor do sol tinha feito secar a haste da ervilha, de sorte que eu não podia descer por esse caminho sem quebrar o pescoço. Que fazer? Teci com a palha a corda mais comprida que pude; amarrei-a a um dos cornos da lua e deixei-me escorregar. Agarrava-me com a mão direita e segurava a machadinha com a esquerda; chegado à ponta da corda, cortava a parte superior e amarrava-a na ponta inferior. Repeti várias vezes essa operação e acabei, ao fim de algum tempo, avistando lá embaixo os campos do sultão.

Devia estar ainda a uma distância de duas léguas da terra, nas nuvens, quando a corda rebentou e eu caí com tanta violência no chão que fiquei inteiramente aturdido. Meu corpo, cujo peso aumentara com a velocidade e a distância percorrida, abriu na terra um buraco de pelo menos nove pés de profundidade.

Mas a necessidade é boa conselheira.

Talhei com minhas unhas de quarenta anos uma espécie de escada, e assim logrei chegar à superfície.

Instruído por essa experiência, encontrei um meio melhor de me ver livre dos ursos, que eram a praga de minhas abelhas e colmeias. Besuntei de mel o varal de uma carroça e embosquei-me à noite não longe dali. Um urso enorme, atraído pelo cheiro do mel, achegou-se e começou a lamber avidamente a extremidade do varal, que acabou penetrando-lhe todo pela goela, estômago e entranhas. Quando ele estava bem espetado, acorri, enfiei no furo do varal uma forte cavilha e, cortando assim a retirada ao guloso, deixei-o nessa posição até a manhã

seguinte. O sultão, que viera passear por aqueles lugares, quase morreu de rir ao ver a peça que eu pregara ao urso.

Pouco tempo depois, russos e turcos concluíram a paz, eu fui mandado de volta a São Petersburgo, com numerosos outros prisioneiros de guerra. Fiz minhas despedidas e deixei a Rússia no momento daquela grande revolução ocorrida há cerca de quarenta anos, em consequência da qual o imperador infante, seus pais, o duque de Brunswick, o marechal-de-campo Munich e tantos outros foram desterrados para a Sibéria. Naquele ano fez tamanho frio na Europa que o próprio sol ficou cheio de frieiras, cujos sinais ainda podem ser observados em sua face. Por isso tive de padecer muito mais durante a minha volta que por ocasião da primeira viagem.

Como meu cavalo lituano ficara na Turquia, fui obrigado a viajar na posta. Ora, acontece que quando passávamos por um caminho estreito, orlado de sebes muito altas, recomendei ao postilhão que desse um sinal com sua corneta, para evitar que outra carruagem entrasse ao mesmo tempo na outra extremidade da estrada. O maganão obedeceu, soprando com todo o vigor de que era capaz, mas seus esforços foram vãos: não conseguiu extrair uma só nota, o que a princípio era incompreensível e afinal se tornou assaz aborrecido, pois não tardamos a ver avançar em nossa direção um carro que ocupava toda a largura da estrada.

Quando ele estava espetado, acorri

O próprio sol ficou cheio de frieiras

Desci imediatamente e comecei por desatrelar os cavalos; depois tomei nos ombros o carro com suas quatro rodas e a bagagem, pulei com aquela carga para os campos, por cima do fosso e da sebe, alta de pelo menos nove pés — o que não era nenhuma ninharia, dado o peso do fardo. Com um segundo salto consegui colocar a nossa diligência no caminho, para além do outro carro. Feito isto, retornei aonde estavam os cavalos, agarrei um debaixo de cada braço e transportei-os pelo mesmo processo até junto da diligência; em seguida, atrelamos os animais e chegamos sem problemas à estação de posta.

Esqueci de dizer-vos que um dos meus cavalos, que era muito novo e fogoso, me deu bastante trabalho: no momento em que transpúnhamos a sebe, ele começou a se agitar e escoicear tão violentamente que por alguns momentos estive sem saber o que fazer. Afinal, impedi-o de prosseguir naquela ginástica, metendo-lhe as duas patas traseiras nos bolsos da minha sobrecasaca.

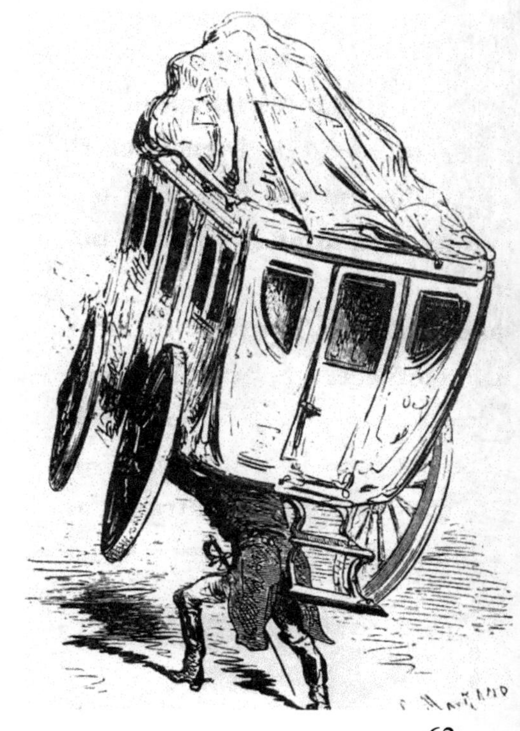

Chegados ao albergue, o postilhão pendurou sua corneta num prego junto à lareira, e abancamo-nos para comer.

Ora escutai, senhores, o que sucedeu! — *Ta-*

Agarrei um debaixo de cada braço

ratá, taratá, tatá, tatá! — eis a corneta que principia a tocar sozinha. Arregalamos os olhos, sem saber o que significaria aquilo. Pois vede só: as notas estavam congeladas dentro da corneta, e, sob a ação do calor, se liberaram e soaram nítidas, sonoras, para grande louvor ao postilhão, pois o bizarro instrumento nos proporcionou meia hora de excelente música, sem que fosse preciso nele soprar. Tocou-nos primeiro a marcha prussiana, depois "Sem amor e sem vinho", depois "Quando me sinto triste", depois "Ontem à noite o primo Miguel" e muitas *canções* populares, entre as quais a balada "Tudo no bosque é silêncio". Essa aventura foi a última de minha viagem à Rússia.

Muitos viajantes têm por hábito, quando relatam suas aventuras, contar muito mais do que viram. Não espanta, assim, que os leitores e ouvintes tendam por vezes à incredulidade. Todavia, se há entre o respeitável auditório alguém inclinado a duvidar do que estou contando, muito me haveria de magoar essa falta de confiança; e eu o advertiria de que o melhor a fazer, nesse caso, é ir-se embora antes que eu comece a narrativa das minhas aventuras marítimas, que são ainda mais extraordinárias, embora não menos autênticas.

CAPÍTULO VI

PRIMEIRA AVENTURA MARÍTIMA

A primeira viagem que fiz em minha vida, pouco antes daquela à Rússia, cujos episódios mais notáveis já referi, foi um cruzeiro marítimo.

Eu ainda era lampinho — como costumava repetir meu tio major, dono de um portentoso bigode de coronel de hussardos — e não se sabia ainda ao certo se a penugem branca que me ornava o queixo seria mesmo barba; mas já então as viagens eram minha poesia, o único anelo de meu coração.

Meu pai tinha passado a maior parte de sua juventude viajando, e encurtava os longos serões de inverno com o relato veraz de suas aventuras. Assim, pode-se atribuir minha inclinação tanto à natureza quanto ao exemplo paterno. Em suma, eu aproveitava todas as ocasiões que pudessem proporcionar meios de satisfazer meu insaciável desejo de conhecer o mundo; mas todos os esforços foram baldados.

Se acaso conseguia abrir uma pequena brecha na disposição de meu pai, resistência ainda mais obstinada se fazia sentir de parte de minha mãe e minha tia, e em poucos instantes me via perdendo as vantagens que tanto me custara conquistar. Afinal, quis o acaso que um de meus parentes pelo lado materno viesse

visitar-nos. Logo me tornei seu predileto; dizia-me com frequência que eu era um menino simpático e alegre, e que tudo faria para me ajudar na realização de meu desejo. Sua eloquência foi mais persuasiva que a minha, e após uma troca de razões e réplicas, de objeções e refutações, ficou decidido, para minha extrema alegria, que eu o acompanharia a Ceilão, onde seu tio fora governador durante vários anos.

Zarpamos de Amsterdam, incumbidos de importante missão pelas Altas Potências do Estado da Holanda. Nossa viagem nada registrou de notável, a não ser um terrível tufão, que merece algumas palavras, tão singulares foram as consequências que produziu. A tormenta se manifestou justamente quando estávamos ancorados em frente a uma ilha para nos abastecer de água e lenha; eclodiu tão furiosa que arrancou pela raiz e lançou nos ares grande número de árvores enormes. Embora algumas destas pesassem muitas centenas de quintais, a prodigiosa altura a que se elevaram fazia-as parecer do tamanho dessas peninhas que às vezes se veem esvoaçando no ar.

Entretanto, logo que a tempestade amainou, cada árvore, ao cair, reimplantou-se exatamente em seu lugar e logo se firmou nas raízes, de sorte que nenhum vestígio restou dos estragos causados pela intempérie. Só uma dessas árvores, a maior delas, fez exceção. No momento em que fora arrancada da terra pela violência do tufão, um homem e sua mulher estavam ocupados em colher pepinos; pois naquela parte do mundo esse excelente fruto dá das árvores. O honrado casal realizou sua viagem aérea com a mesma paciência do carneiro mandado aos ares no balão de Blanchard; mas, com o seu peso, modificou a direção da árvore, que caiu no solo horizontalmente. Ora, o sereníssimo cacique da ilha, como a maior parte dos habitantes, tinha fugido, temendo ficar soterrado sob as ruínas do seu palácio; ao cessar o furacão, voltava para casa, passando pelo jardim, no justo momento em que a árvore caiu e, afortunadamente, o matou na hora.

— Afortunadamente?

— Sim. sim, afortunadamente; pois, senhores, o cacique era, com perdão da palavra, um tirano abominável; e os habitantes da ilha, sem excetuar os validos e as concubinas dele, eram as criaturas mais infelizes que se possa imaginar sob a abóboda celeste. Grandes reservas de gêneros apodreciam nos depósitos e celeiros, enquanto o povo, de quem haviam sido extorquidos, morria de fome.

Sua ilha nada tinha a recear do estrangeiro; não obstante, lançava mão de todos os jovens para deles fazer heróis, segundo a receita, e de quando em quando vendia sua coleção ao vizinho que mais pagasse, para juntar novos milhões de conchas aos milhões que herdara do pai. Disseram-nos que tinha aprendido essa incrível prática durante uma viagem que fizera ao Norte - asserção que, apesar de todo o nosso patriotismo, não tentamos rebater, embora entre esses ilhéus uma viagem ao Norte possa

Um homem e sua mulher estavam ocupados em colher pepinos.

significar tanto uma ida às Canárias como uma excursão à Groenlândia; mas assistia-nos uma série de razões para não bater nessa tecla.

Em reconhecimento ao grande serviço prestado por esses colhedores de pepinos, seus compatriotas os colocaram no trono, vago com a morte do cacique. Cumpre dizer que essas excelentes criaturas, em sua viagem aérea, tinham visto o sol de tão perto que o fulgor daquela luz lhes afetou bastante a visão, e um tanto também a inteligência; mas nada disso os impediu de reinar muito bem. A tal ponto que ninguém na ilha comia pepinos sem dizer: "Deus proteja nosso cacique!"

Depois de repararmos nosso barco, que ficara bastante avariado com a tormenta, e nos despedirmos dos novos soberanos, fizemo-nos à vela com vento favorável e, ao cabo de seis semanas, chegamos a Ceilão.

Mais ou menos quinze dias após nossa chegada, o filho mais velho do governador convidou-me a ir à caça em sua companhia, o que aceitei de muito bom grado. Meu amigo era alto e robusto, e habituado ao calor que por lá fazia; mas eu, embora não me houvesse movimentado muito, esfalfei-me tanto que, ao chegarmos à floresta, fiquei para trás.

Dispunha-me a sentar, para descansar um pouco, à beira de um rio, quando de repente ouvi um grande barulho atrás de mim. Virei-me e fiquei como que petrificado ao perceber um enorme leão que avançava para mim, dando-me a entender que desejava intensamente almoçar a minha pobre pessoa, sem me pedir licença. Minha espingarda estava carregada de chumbo miúdo.

Não tive tempo nem presença de espírito para refletir: resolvi fazer fogo sobre o animal, senão para feri-lo, ao menos para meter-lhe medo. Mas, no momento em que fazia pontaria, a fera, adivinhando sem dúvida minhas intenções, ficou ainda mais raivosa e lançou-se em cima de mim. Por instinto, mais que por raciocínio, tentei uma coisa impossível, ou seja, fugir. Voltome — ainda hoje tremo, só de pensar! — e vejo a alguns passos diante de mim um monstruoso crocodilo, que já escancarava sua fauce tenebrosa para me engolir.

Figurai, senhores, o horror de minha situação; por trás, o leão; pela frente, o crocodilo; à esquerda, um rio de forte correnteza; à direita, um precipício, povoado, como soube depois, de serpentes venenosas!

Atônito, apavorado — o próprio Hércules o estaria em circunstância semelhante! —, caí por terra. O único pensamento que me ocupava a alma era a expectativa do momento em que sentiria a pressão dos dentes do leão enfurecido, ou o aperto das mandíbulas do crocodilo. Mas, ao termo de alguns segundos, ouvi um ruído estranho e violento, sem que, no entanto, sentisse nenhuma dor. Ergo lentamente a cabeça e vejo, com grande alegria, que o leão, arrastado pelo impulso que tomara para se atirar sobre mim, caíra justamente na bocarra do crocodilo. Sua cabeça penetrara pela goela do outro animal, e eram infrutíferos os esforços que fazia para se desprender. Levanteime imediatamente, saquei do meu facão e, com um só golpe, decepei a cabeça do leão, cujo corpo veio rolar a meus pés; em seguida, com a coronha de meu fuzil, enfiei a cabeça do leão o

Sua cabeça penetrara pela goela do outro animal

mais que pude pela goela do crocodilo, que não tardou a morrer miseravelmente sufocado.

Alguns instantes depois de ter eu obtido essa fulminante vitória sobre dois inimigos tão terríveis, apareceu meu companheiro, muito preocupado com minha ausência. Felicitou-me calorosamente e mediu o crocodilo: tinha quarenta pés e sete polegadas de comprimento!

Logo que relatamos essa extraordinária aventura, o governador enviou uma carroça para trazer os dois bichos. Um peleiro local me preparou com o couro do leão várias bolsas de fumo, parte das quais distribuí aos meus conhecidos de Ceilão. Das que me restavam, dei uma parte, mais tarde, aos burgomestres de Amsterdam, os quais

fizeram questão de me oferecer em retribuição um presente de mil ducados, que tive a maior dificuldade do mundo em recusar.

O couro do crocodilo foi curtido segundo o método usual, e é hoje a mais bela peça do museu de Amsterdam, cujo guia conta a minha história aos visitantes.

Devo dizer, contudo, que ele acrescenta vários detalhes de sua invenção, detalhes que ofendem gravemente a verdade e a verossimilhança. Por exemplo, disse que o leão atravessou o crocodilo de ponta a ponta e que, no momento em que saía pelo lado oposto ao qual entrara, o ilustríssimo senhor barão — é assim que me chamam habitualmente — tinha cortado quatro palmos de cauda do crocodilo.

"O crocodilo, — acrescenta o espirituoso, — profundamente humilhado por essa mutilação, virou-se, arrancou a faca das mãos do senhor barão e a engoliu com tanta fúria que ela lhe atravessou o coração, causando morte instantânea."

Não preciso dizer-vos, senhores, como lastimo a impudência desse pascácio. No século de ceticismo em que vivemos, as pessoas que não me conhecem talvez fossem induzidas, por obra de tão deslavadas mentiras, a pôr em dúvida a veracidade de minhas aventuras reais — coisa que ofende seriamente um homem de bem.

CAPÍTULO VII

SEGUNDA AVENTURA MARÍTIMA

No ano de 1776, embarquei em Portsmouth para a América do Norte num navio inglês de primeira linha, com cem canhões e mil e quatrocentos homens a bordo. Poderia contar-vos aqui uma série de interessantes aventuras que vivi na Inglaterra, mas deixo-o para outra ocasião. Há uma, porém, que quero relatar. Tive uma vez a satisfação de ver passar o rei, que se dirigia com grande pompa ao Parlamento, em sua carruagem de gala. Ia na boleia um enorme cocheiro, em cuja barba se viam, artisticamente recortadas, as armas da Inglaterra. Com seu chicote, descrevia no ar, da maneira mais nítida, signos que ficavam muito tempo visíveis para a plateia.

Em nossa travessia, nada nos ocorreu de incomum. O primeiro incidente deu-se a umas trezentas milhas do rio São Lourenço: nosso navio esbarrou com extrema violência de encontro a alguma coisa que nos pareceu um rochedo.

No entanto, quando lançamos a sonda, só encontramos o fundo a quinhentas braças. O que tornava ainda mais insólito e incompreensível esse fato é que tínhamos também perdido o nosso leme; nosso mastro de proa se partira em dois, todos os demais racharam de alto a baixo, e dois caíram sobre o convés. Um pobre-diabo de marujo, que se ocupava nos aparelhos de mastreação em recolher vela principal, foi arrojado a mais de três milhas do barco antes de cair n'água. Felizmente, durante o trajeto, teve a presença de espírito de agarrar em pleno voo a cauda de um grou, o que não somente diminuiu a velocidade de sua queda como lhe permitiu nadar até o navio, agarrado ao pescoço da ave.

O choque fora tão violento que todos os tripulantes que se encontravam no convés foram lançados contra a amurada. Minha cabeça afundou no pescoço, levando vários meses para recuperar a posição natural. Ficamos todos num estado de susto e inquietação difícil de descrever, até que a aparição de uma enorme baleia a cochilar na superfície do oceano nos veio trazer a explicação do ocorrido. O monstro ficara enfurecido com o fato de nosso navio tê-lo abalroado, e pusera-se a dar grandes rabanadas no nosso costado; em sua cólera, abocanhara a âncora principal, que, como de costume, pendia na popa, e a levara consigo, arrastando nosso navio por uma extensão de perto de sessenta milhas, à razão de seis milhas por hora.

Sabe Deus até onde teríamos chegado, se por sorte o cabo da âncora não se tivesse rompido, de modo que a baleia perdeu o nosso navio, e nós, nossa âncora. Quando, alguns meses depois, regressamos à Europa, encontramos a mesma baleia

La na boleia um enorme cocheiro

quase no mesmo lugar: boiava, morta media quase meia milha de comprimento. Só podíamos trazer para bordo uma pequena parte desse formidável animal. Lançamos, pois, nossos escaleres ao mar e, com grande dificuldade, cortamos a cabeça da baleia. Tivemos então a alegria de encontrar lá dentro a nossa âncora além de quarenta toesas de cabo que se alojaram num dente furado, do lado esquerdo do maxilar inferior.

Foi o único acontecimento interessante que assinalou nossa volta.

— Ah, não! Esqueço um, que quase nos foi fatal a todos. Quando, em nossa primeira viagem, fomos arrastados pela baleia, a nau fez tanta água que todas as nossas bombas não nos teriam impedido de ir a pique em meia hora. Felizmente, fui o primeiro a me aperceber do acidente. O buraco media pelo menos um pé de diâmetro. Tentei tapá-lo por todos os processos usuais, mas em vão: afinal consegui salvar aquele belo navio e sua numerosa tripulação, graças à mais afortunada imaginação do mundo. Sem sequer tirar minhas calças, sentei-me intrepidamente no buraco. Maior fosse ele, e ainda assim eu conseguiria tapá-lo. Não vos espantareis, senhores, se vos disser que descendo, tanto por parte de pai quanto de mãe, de famílias holandesas, ou pelo menos westfalianas. A falar verdade, minha situação naquele rombo era bastante úmida, mas logo me livrei graças aos bons ofícios do carpinteiro.

CAPITULO VIII

TERCEIRA AVENTURA MARÍTIMA

Um dia, eu me vi em perigo mortal no Mediterrâneo. Banhava-me, por uma bela tarde, nos arredores de Marselha, quando notei que um grande peixe avançava para mim a toda velocidade, de goela aberta. Impossível fugir: faltavam-me o tempo e os meios. Sem hesitar, encolhi-me o mais possível; enovelei-me todo, juntando pernas e braços ao tronco; nesse estado, entrei pelas mandíbulas do monstro até a garganta. Lá chegando, encontrei-me mergulhado numa escuridão de breu e num calor que não me era desagradável. Minha presença ali incomodava ao extremo o peixe, que não certamente só pensava em se ver livre de mim. Para me tornar ainda mais insuportável, comecei a andar, a pular, a dançar, a me agitar e dar mil voltas em minha prisão. A jiga escocesa, sobretudo, parecia enlouquecê-lo particularmente: soltava gritos lancinantes e às vezes se soerguia, pondo meio corpo para fora d'água. Foi surpreendido nesse exercício por um navio italiano que o arpoou e dominou em poucos minutos. Logo que o içaram para bordo, ouvi os marinheiros conversando sobre a melhor maneira de cortá-lo, de forma a extrair a maior quantidade possível de óleo.

Tentei tapá-lo por todos os processos usuais

Quando viram surgir um homem completamente nu

Como eu entendia o italiano, fui tomado de grande susto, temendo ser cortado juntamente com o peixe. Para me salvar de suas machadinhas, fui postar-me no centro do estômago, onde caberiam folgadamente doze homens; supunha que começariam o trabalho pelas extremidades. Mas logo me tranquilizei, pois principiaram abrindo o ventre. Apenas lobriguei um filete de luz, pus-me a gritar a plenos pulmões o quanto me era agradável ver aqueles senhores e ser tirado por eles de uma posição onde não demoraria a morrer sufocado.

Não vos posso descrever a estupefação que se estampou em todas aquelas fisionomias quando ouviram uma voz humana sair de dentro do peixe. Seu espanto só fez crescer quando viram surgir de lá um homem inteiramente nu. Em suma, cavalheiros, narrei-lhes a aventura tal qual como vo-la descrevo aqui: quase morreram de rir.

Depois de tomar um refresco, atirei-me n'água para me lavar e nadei para a praia, onde encontrei minhas roupas no mesmo sítio em que as deixara. Se não erro em meus cálculos, estive aprisionado cerca de três quartos de hora no bucho daquele monstro.

CAPÍTULO IX

QUARTA AVENTURA MARÍTIMA

Quando eu ainda estava a serviço da Turquia, divertia-me frequentemente indo passear em meu iate de recreio no mar de Mármara, de onde se descortina uma vista magnífica de Constantinopla e do serralho do Grão Senhor. Certa manhã contemplava eu a beleza e a serenidade do céu quando avistei no ar um objeto redondo, mais ou menos do tamanho de uma bola de bilhar, do qual parecia pender alguma coisa. Tomei imediatamente da maior e mais comprida das minhas carabinas, sem as quais nunca saio nem viajo. Carreguei-a com uma bala e atirei no objeto redondo, mas não o atingi. Pus então carga dupla: não tive melhor sorte. Afinal, da terceira vez, mandei-lhe três ou quatro balas, que lhe abriram um buraco no flanco, pondo-o abaixo.

Imaginai meu espanto quando vi cair, a apenas duas toesas do meu barco, um carrinho dourado, suspenso a um enorme balão, maior que a cúpula mais portentosa. No carrinho encontrava-se um homem, e junto a ele uma metade de carneiro assado. Refeito da surpresa inicial, formei com meu pessoal um círculo em redor daquela coisa bizarra.

O homem, que me pareceu francês, — e com efeito o era, — trazia no bolso do colete dois belos relógios com berloques, sobre os quais estavam pintados retratos de gentil-homens e grandes damas. A cada uma de suas botoeiras estava afixada uma medalha de ouro de pelo menos cem ducados, e em cada um de seus dedos brilhava um esplêndido anel de diamantes. Os sacos de ouro de que estavam cheios os seus bolsos faziam arrastar pelo chão as abas de seu casaco.

— Meu Deus! pensei, este homem deve ter prestado serviços inestimáveis à humanidade para que, com a avareza que anda por aí, os poderosos lhe tenham dado tantos presentes!

A rapidez da queda o aturdiu a tal ponto que levou algum tempo para poder falar. Acabou, no entanto, recuperando-se e contou o seguinte:

— Não tive, é verdade, bastante cabeça nem bastante ciência para conceber essa maneira de viajar, mas fui o primeiro a ter a ideia de usá-la para humilhar os equilibristas de corda e os saltadores ordinários, subindo ainda mais alto que eles. Há sete ou oito dias, — não sei ao certo, pois perdi a noção do tempo, — fiz uma ascensão na ponta de Cornualha, na Inglaterra, levando comigo um carneiro com o fito de jogá-lo lá de cima, para divertir os espectadores. Por desgraça, o vento virou dez minutos depois de minha partida, e em vez de me levar para os lados de Exeter, onde pretendia descer, empurrou-me para o mar, sobre o qual flutuei um tempo enorme, a uma altura incomensurável.

Felicitei-me, então, por não ter consumado a brincadeira com o meu carneiro, pois no terceiro dia a fome me obrigou a matar o pobre bichinho. Como eu passara muito além da lua, chegando tão perto do sol que minhas sobrancelhas se queimaram, esfolei o carneiro e coloquei-o do lado onde o sol dava com mais força, de modo que três horas depois ele estava devidamente assado: assim é que pude viver todo esse tempo.

O prolongamento de minha viagem deve ser atribuído à ruptura de uma corda que fazia a ligação com uma válvula na parte inferior do meu balão e destinava-se a deixar escapar o gás inflamável. Se não tivessem atirado em meu balão, perfurando-o, eu poderia ter ficado, como Maomé, suspenso entre o céu e a terra, até o juízo final.

O homem ofereceu generosamente seu carrinho ao meu piloto, que estava no leme, e atirou ao mar os restos do seu carneiro. Quanto ao balão, já danificado pela minha bala, acabou de se despedaçar com a queda.

CAPÍTULO X

QUINTA AVENTURA MARÍTIMA

Bem, cavalheiros, como ainda nos sobra tempo para esvaziar mais uma garrafa de vinho fresco, vou relatar-vos um caso singularíssimo, que me sucedeu poucos meses antes de minha volta à Europa.

O Grão Senhor, ao qual eu fora apresentado pelos embaixadores de Suas Majestades os imperadores da Rússia e da Áustria, bem como pelo da França, enviou-me ao Cairo para dar cumprimento a missão da mais alta relevância, que deveria ficar sob eterno segredo.

Pus-me a caminho cercado de grande pompa, levando séquito numeroso. Em caminho, tive ocasião de aumentar o meu pessoal doméstico com alguns indivíduos assaz interessantes. Encontrando-me a algumas milhas apenas de Constantinopla, avistei um homem magro e franzino que corria em linha reta através de um campo, com extrema rapidez, embora trouxesse amarrada a cada pé uma massa de chumbo que pesava no mínimo cinquenta libras. Tomado de espanto, chamei-o e disse-lhe:

— Aonde vais tão depressa, meu amigo, e por que te sobrecarregas com tamanho peso?

— Deixei Viena faz meia hora, respondeu; estava empregado com um fidalgo, que resolveu despedir-me. Não precisando mais de minha rapidez, moderei-a com esses pesos; pois a moderação é que faz a duração, como dizia meu professor.

Aquele rapaz muito me agradou. Perguntei-lhe se queria entrar a meu serviço, com o que aquiesceu imediatamente. Seguimos viagem e atravessamos numerosas cidades, percorremos muitos países.

No caminho, divisei não longe da estrada um sujeito estendido, imóvel, sobre a relva. Parecia dormir. Estava, porém, acordado; tinha o ouvido colado ao chão, como se quisesse perceber o que diziam os habitantes do mundo subterrâneo.

— Que estás aí escutando, amigo? gritei-lhe.

— Estou escutando o capim crescer, para passar o tempo, retrucou ele.

— E o ouves crescer?

— Ora, isso não é nada!

— Pois então vem trabalhar comigo, rapaz. Sempre se precisa de alguém com ouvido tão apurado.

O maganão levantou-se e me seguiu.

Perto dali, numa colina, topei com um caçador que apontava o seu fuzil e atirava para o azul do céu.

— Boa sorte, boa sorte, caçador! gritei-lhe. Mas em que estás atirando? Só vejo o azul do céu.

— Oh, replicou o outro, estou experimentando esta carabina que me vem de Kuchenreicher, de Ratisbona. Ali adiante, na flecha de Estrasburgo, havia um pardal que acabo de derrubar.

Quem conhece minha paixão pelos nobres prazeres da caça não se surpreenderá se eu disser que saltei ao pescoço daquele excelente caçador. Não poupei, é claro, argumentos para contratá-lo.

Prosseguimos viagem e chegamos afinal ao monte Líbano. Lá na orla de uma grande floresta, encontramos um homem baixo e troncudo, atrelado a uma corda que circundava todo o bosque.

— Que estás aí puxando, meu amigo? indaguei ao homenzinho.

— Vim aqui para cortar madeira de construção, mas como esqueci meu machado em casa, estou tratando de dar conta do recado da melhor maneira.

Dito e feito: de um só puxão, botou abaixo todo o bosque, que media bem uma milha quadrada, como se fosse um feixe de juncos. Certamente adivinhareis o que fiz. Seria preferível sacrificar meu ordenado a deixar escapar aquele tipo.

No momento em que pusemos pé em território egípcio, desencadeou-se um vendaval tão formidável que por instantes tive medo de ser derrubado com toda a minha bagagem, meu pessoal e meus cavalos, e ser carregado pelos ares. À esquerda da estrada havia uma fileira de sete moinhos, cujas asas giravam tão depressa quanto a rodinha da mais ativa fiandeira. Não longe dali estava um personagem de uma corpulência digna de John Falstaff, cujo dedo indicador apertava a narina direita. Apenas se deu conta de nossa aflição, vendo-nos a forcejar lastimosamente contra o furacão, voltou-se para nós e tirou respeitosamente o chapéu, com o gesto de um mosqueteiro que se descobre diante do seu coronel. O vento cessou como por encanto, e os sete moinhos se imobilizaram. Muito surpreendido com essa circunstância, que não parecia natural, voltei-me para o homem.

— Eh, rapaz, que é isso? Estás com o diabo no corpo, ou será que és o próprio diabo em figura de gente?

— Perdoe-me, Excelência, respondeu. Estou produzindo um pouco de vento para o moleiro, meu patrão. Com medo de fazer rodar os moinhos depressa demais, tapei uma narina.

— Caramba, pensei com meus botões, eis um indivíduo precioso: esse finório te servirá admiravelmente quando, de volta, te faltar fôlego para contar as aventuras extraordinárias que te aconteceram em tuas viagens.

Logo fechamos nosso trato. O soprador abandonou os seus moinhos e veio comigo.

Já era tempo de chegarmos ao Cairo. Apenas dei conta ali de minha missão, segundo a melhor expectativa, resolvi desfazer-me de meu séquito, agora inútil, à exceção de meus últimos contratados, com os quais voltaria sozinho, como simples particular. Como o tempo estava magnífico e o Nilo mais admirável que nunca, veio-me o capricho de alugar um barco e descer até Alexandria. Tudo correu da melhor maneira até a metade do terceiro dia.

Sem dúvida já ouvistes falar das inundações do Nilo. No terceiro dia, como acabo de dizer, o Nilo começou a subir com extrema rapidez, e no dia seguinte toda a margem estava inun-

Com medo de fazer rodar os moinhos depressa demais, tapei uma narina

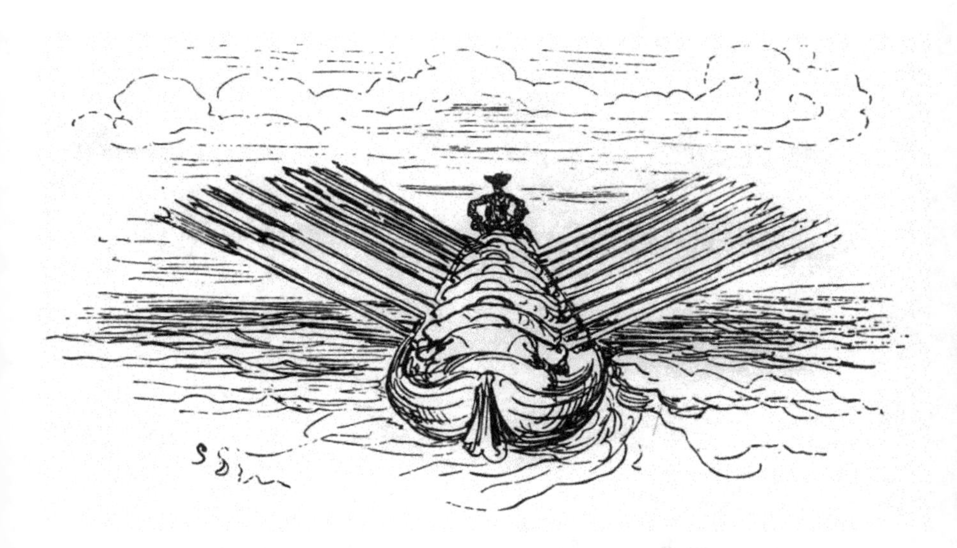

dada, várias milhas de cada lado. No quinto dia, depois do pôr do sol, meu barco encalhou em alguma coisa que julguei serem juncos. Mas no dia seguinte, ao amanhecer, descobrimo-nos cercados de amendoeiras carregadas de frutos madurinhos, excelentes. A sonda nos indicou sessenta pés de profundidade: não havia meio de recuar nem de avançar. Eram cerca de oito ou nove horas, segundo pude avaliar pela altura do sol, quando sobreveio uma vaga que atirou nosso navio de lado: a massa de água o engolfou e pôs a pique quase imediatamente.

Por sorte conseguimos salvar-nos todos, — éramos oito homens e duas crianças, — agarrando-nos às árvores, cujos galhos, bastante fortes para nos sustentar, não o eram bastante para salvar nossa embarcação. Ficamos três dias nessa situação, vivendo exclusivamente de amêndoas; escusado será dizer-vos que tínhamos em abundância com que matar a sede. Vinte e três dias após nosso acidente, a água começou a baixar com tanta rapidez como subira, e já no vigésimo sexto dia pudemos pisar terra firme. O primeiro objeto que nos saltou à

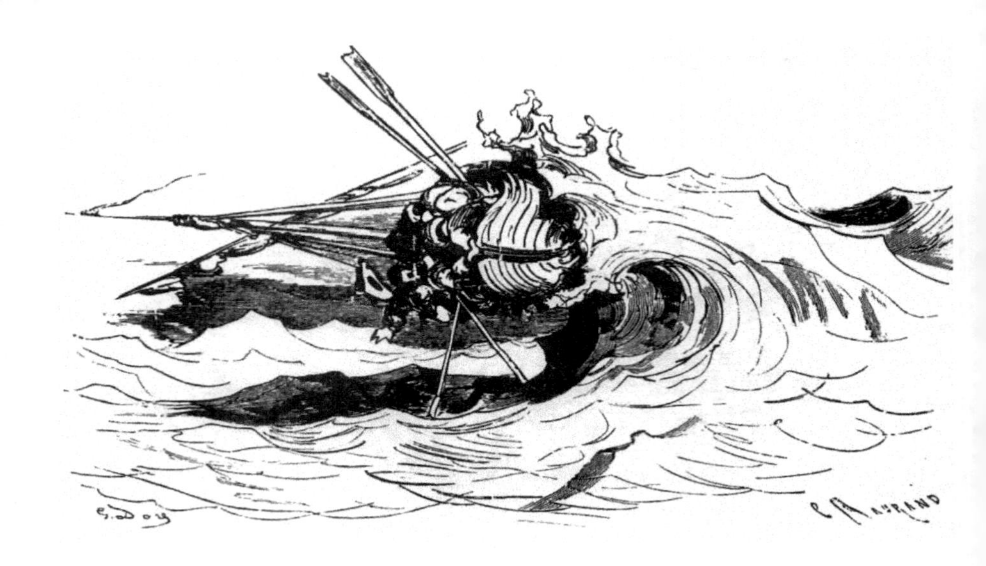

vista foi nosso barco. Encontrava-se a umas duzentas toesas do lugar onde naufragara. Depois de fazer secar ao sol nossas roupas, que disso estavam muito precisadas, apanhamos nas provisões do barco tudo quanto nos era necessário, e pusemo-nos novamente em marcha para reencontrar nosso rumo. Ao fim de sete dias alcançamos o rio, que retornara ao seu leito, e contamos nossa aventura a um bei. Atendeu-nos com extrema cortesia, colocando a nossa disposição seu próprio barco. Seis

dias de viagem nos levaram a Alexandria, onde embarcamos para Constantinopla. Fui recebido com uma distinção particularmente honrosa pelo Grão Senhor, e tive a honra de conhecer o harém, ao qual Sua Alteza me conduziu pessoalmente, dando-me permissão para escolher quantas damas quisesse, inclusive suas favoritas.

Sua Alteza me permitiu escolher quantas damas quisesse

Como não tenho por hábito gabar-me de minhas aventuras galantes, aqui encerro a minha narrativa, desejando-vos a todos muito boa-noite.

CAPÍTULO XI

SEXTA AVENTURA MARÍTIMA

Ao concluir o relato de sua viagem ao Egito, dispunha-se o barão a se recolher quando a atenção do auditório, já ligeiramente fatigado, despertou à palavra *harém.* Todos queriam saber pormenores sobre aquela parte de suas aventuras, mas o barão se manteve inflexível. Entretanto, para atender à ruidosa insistência de seus amigos, acedeu em contar alguma coisa sobre os seus estranhos criados, e prosseguiu nestes termos:

— Depois de minha volta do Egito, eu estava nas melhores graças junto ao Grão Senhor. Sua Alteza não podia passar sem mim, convidava-me diariamente para jantar e cear com ele. Devo confessar, senhores, que o imperador dos turcos, dentre todos os potentados do mundo, é quem tem a melhor mesa, pelo menos no tocante à comida; pois, quanto à bebida, bem sabeis que Maomé proíbe o vinho aos seus fiéis. Nem pensar, portanto, em tomar um copo desse generoso líquido quando se janta com um turco. Mas, embora não praticada abertamente, a coisa não deixa de se fazer com frequência em segredo; e a despeito do Corão, mais de um turco é tão perito quanto qualquer prelado alemão em esvaziar uma garrafa. Era o caso de Sua Alteza.

Nesses jantares, dos quais participava habitualmente o superintendente geral, isto é, o *mufti in partem salarii*, que dizia o *Benedicite* e as *Graças* no começo e no fim do repasto, não se servia absolutamente vinho. Mas, ao levantar-se da mesa, uma boa garrafinha esperava Sua Alteza em seu escritório. Um dia, o Grão Senhor me fez sinal de que o seguisse. Quando ficamos a sós, tirou uma garrafa de um armário e disse-me:

— Münchhausen, sei que os senhores, cristãos, são entendidos em bons vinhos. Aqui está uma garrafa de tokay, a única que possuo, e estou certo de que, em toda a sua vida o senhor nunca provou melhor.

Ao que Sua Alteza encheu seu copo e o meu; brindamos e bebemos.

— Hein? prosseguiu, que diz a isso? É coisa superfina!

— Esse vinhozinho é bom, respondi. Mas, com permissão de Vossa Alteza, devo dizer-lhe que tomei algo bastante melhor em Viena, à mesa do augusto imperador Carlos VI. Com mil raios! Gostaria que Vossa Alteza provasse dele!

— Meu caro Münchhausen, replicou, não quero ofendê-lo, mas acho impossível haver tokay melhor que esse. Tenho esta garrafa única, presente de um fidalgo húngaro que a considerava uma preciosidade.

— Pilhéria, meu prezado Grão Senhor! Há tokay e tokay! Os húngaros não brilham pela generosidade. Quanto quer apostar que daqui a uma hora eu lhe proporciono uma garrafa de tokay, provinda da adega imperial de Viena, e que deixará longe esta aqui?

— Münchhausen, acho que o senhor se está excedendo!

— Em absoluto: dentro de uma hora lhe oferecerei uma garrafa de tokay da adega dos imperadores da Austria, e de um paladar superior ao desta zurrapa!

— Münchhausen, Münchhausen! está querendo zombar de mim, e isso não me agrada. Sempre o tive na conta de homem sensato, incapaz de mentir, mas realmente estou achando que ultrapassa os limites.

— Pois bem, que Vossa Alteza tope a aposta. Se eu não cumprir o prometido, — e olhe que sou inimigo jurado da conversa fiada, — Vossa Alteza pode mandar cortar-me cabeça; e minha cabeça não é nenhuma abóbora! Eis a minha parada; qual é a sua?

— Topo! Está feito, disse o imperador. Se dentro de uma hora

a garrafa não chegar, mando-lhe cortar a cabeça sem dó nem piedade; pois não tenho por hábito me deixar engodar, nem pelos meus melhores amigos. Mas se, ao contrário, o senhor cumprir sua promessa, poderá levar do meu tesouro a quantidade de ouro, prata, pérolas e pedras preciosas que o homem mais forte seja capaz de carregar.

— Pois está combinado, respondi.

Pedi pena e tinta, e escrevi à imperatriz-rainha Maria Teresa o seguinte bilhete:

"Vossa Majestade, na condição de herdeira universal do império, certamente herdou também a adega de seu ilustre pai. Seria excessivo suplicar-lhe que entregasse ao portador uma garrafa daquele tokay que tantas vezes bebi com o seu falecido pai? Mas do melhor, pois se trata de uma aposta! Aproveito a oportunidade para apresentar a Vossa Majestade a expressão do profundo respeito com que tenho a honra de ser etc., etc.

Barão de MÜNCHHAUSEN."

Eram três horas e cinco minutos. Entreguei o bilhete, sem lacrá-lo, ao meu corredor, que se desfez dos pesos e partiu imediatamente para Viena.

Isto feito, bebemos, o Grão Senhor e eu, o resto da garrafa, enquanto esperávamos a de Maria Teresa. Soaram três horas e um quarto, três e meia, um quarto para as quatro, e o corredor nada de voltar. Confesso que começava a me sentir aflito, tanto mais que via Sua Alteza dirigir de quando em quando o olhar ao cordão da campainha, para chamar o carrasco. Deu-me, entretanto, licença de ir até o jardim para tomar um pouco de ar, embora escoltado por dois mudos que não me perdiam de vista. O relógio marcava já três horas e cinquenta e três minutos. Eu estava possuído de uma agonia mortal, — era o caso de dizer. Mandei buscar o meu escutador e o meu atirador. Apresentaram-se imediatamente: o escutador deitou-se no chão para ouvir se o corredor estava vindo: para meu grande desespero, anunciou-me que o biltre estava muito longe, mergulhado num sono profundo e roncando a plenos pulmões. Mal o meu bravo atirador soube disso, correu para um terraço bem alto e, pondo-se nas pontas dos pés para melhor enxergar, exclamou: “Pela salvação da minha alma! Estou a vê-lo, o mandrião! Está

deitado debaixo de um carvalho, nos arredores de Belgrado, com a garrafa ao lado. Esperem, vou-lhe fazer umas cócegas." Ato contínuo, ajustou sua carabina e mandou uma carga em cheio na copa da árvore. Uma chuva de glandes, galhos e folhas se abateu sobre o dorminhoco. Receando ter dormido demais, retomou a carreira com velocidade tal que chegou ao escritório do sultão às três horas, cinquenta e nove minutos e meio, com a garrafa de tokay e um bilhete do próprio punho de Maria Teresa.

Apossando-se imediatamente da garrafa, o imperial apreciador de vinhos pôs-se a degustar-lhe o conteúdo com indizível volúpia.

— Münchhausen, disse-me, não leve a mal se eu fico com esta garrafa só para mim. O senhor tem mais crédito que eu em Viena, e não lhe será difícil conseguir outra.

Dito isto, guardou a garrafa no seu armário, meteu a chave no bolso da calça e tocou a sineta para chamar o tesoureiro. — Que retinir maravilhoso!

— Agora, cabe-me pagar a minha aposta, prosseguiu. Ouve, disse ao tesoureiro, vais deixar que o meu amigo Münchhausen apanhe em meu tesouro a quantidade de ouro, pérolas e pedras preciosas que o homem mais robusto possa carregar. Anda!

O tesoureiro inclinou-se, até encostar o nariz no chão, diante de seu amo e senhor, que me apertou cordialmente a mão e nos despediu a ambos.

Bem haveis de imaginar que não tardei um segundo a fazer executar a ordem dada pelo sultão em meu favor. Mandei chamar o meu homem forte, que trouxe a sua grossa corda de cânhamo, e dirigi-me ao tesouro. Asseguro-vos que quando saí com meu empregado, pouca coisa sobrava lá dentro. Corri imediatamente com o meu ganho até o porto, onde fretei o maior navio que havia, e mandei levantar âncora, para pôr meu tesouro a salvo antes que alguma coisa desagradável me sucedesse.

O que eu temia não demorou a acontecer. O tesoureiro, deixando aberta a porta do tesouro (já não era preciso trancá-la), correu ao Grão Senhor para lhe comunicar a maneira como eu abusara de sua liberalidade. Sua Alteza ficou estupefato, arrependendo-se

amargamente de sua precipitação. Ordenou ao almirante-chefe que partisse em minha perseguição com toda a frota e me fizesse entender que não era aquilo que ele tinha apostado. Eu levava apenas duas milhas de vantagem, e quando vi a frota turca avançar sobre mim, com todas as velas enfunadas, confesso que minha cabeça, que já se ia firmando sobre os ombros, começou a balançar mais fortemente que nunca. Mas meu soprador estava à mão.

— Não se preocupe, Excelência, disse-me.

Colocou-se à popa do navio, de maneira a ficar com uma das narinas assestada sobre a esquadra turca, e a outra sobre nossas velas; em seguida pôs-se a soprar com tamanha violência que a esquadra foi repelida de roldão para o porto, com mastros, cordames e tombadilhos destroçados, enquanto que o nosso navio pôde atingir em poucas horas as costas da Itália.

Foi, porém, escasso o proveito que tirei do meu tesouro. Pois, apesar das afirmações em contrário do bibliotecário

Os patifes não tiveram o menor escrúpulo em me despojar

Jagermann, de Weimar, a mendicância é tão grande na Itália, e a polícia tão mal organizada que em pouco tempo me vi forçado a distribuir em esmolas a maior parte de minha fortuna. O restante me foi roubado por salteadores de estrada, nas cercanias de Roma, no território de Loreto. Esses patifes não tiveram o menor escrúpulo em me despojar assim, pois a milésima parte do que me carregaram bastava para comprar em Roma uma indulgência plenária para todo o bando e seus descendentes, até a terceira geração.

Mas, senhores, é chegada a hora em que costumo ir para a cama. Portanto, boa-noite!

CAPÍTULO XII

SÉTIMA AVENTURA MARÍTIMA. NARRATIVAS AUTÊNTICAS DE UM COMPANHEIRO DO BARÃO QUE TOMOU A PALAVRA NA AUSÊNCIA DESTE

Depois de contar essa aventura, o barão se retirou, deixando os convivas em excelente humor. Ao sair, prometeu narrar, na primeira oportunidade, as aventuras de seu pai, além de outros casos maravilhosos.

Como cada um dos presentes tinha uma palavra a dizer sobre os contos do barão, um dos convivas, que o acompanhara em sua viagem à Turquia, anunciou que havia não longe de Constantinopla um canhão enorme, ao qual o barão faz referência em suas Memórias. Eis aproximadamente, tanto quanto me lembro, o que ele disse:

"Os turcos tinham colocado um formidável canhão na cidadela, não longe da cidade, à beira do famoso rio Simois. A peça era fundida em bronze e lançava projéteis de mármore de pelo menos mil e cem libras. Eu desejava ardentemente dar um tiro com esse canhão, disse o barão Tott, para ter uma ideia do seu efeito. Todo o exército estremecia à ideia desse ato de temeridade, pois se tinha como certo que o abalo faria ruir a cidadela e a cidade inteira. No entanto, consegui a permissão que pleiteava. Foram necessárias nada menos de trezentas libras de pólvora para carregar a peça; e a bala que pus lá dentro pesava, como já disse, mil e cem libras. No momento em que o canhoneiro aproximou a mecha, os basbaques que me cercavam recuaram a uma distância respeitosa. Tive a maior dificuldade do mundo em convencer ao pachá, também presente à experiência, de que não corria nenhum risco. O próprio canhoneiro, que a um sinal meu devia atear fogo ao pavio, estava extremamente nervoso. Postei-me atrás da peça, num reduto; dei o sinal, e no mesmo instante senti uma sacudidela semelhante à que produziria um tremor de terra. A cerca de trezentas toesas, a bala explodiu em três pedaços, que voaram por cima do local, fizeram recuar as águas para a margem e cobriram de espuma o canal, apesar de sua largura".

Tais são, cavalheiros, se não me falha a memória, os detalhes dados pelo barão Tott sobre o maior canhão do mundo. Quando visitei aquela região com o barão de Münchhausen, a história do barão Tott ainda era mencionada como exemplo sem paralelo de coragem e sangue-frio.

Meu protetor, que não podia tolerar a ideia de que um francês fizesse mais e melhor que ele, tomou o canhão nos ombros e, depois de colocá-lo em posição de equilíbrio, mergulhou no mar e nadou até a outra margem do canal. Infelizmente, teve a má ideia de lançar o canhão na cidadela e recolocá-lo em seu primitivo lugar: digo infelizmente, porque a peça lhe escorregou da mão no momento em que a balançava para jogá-la, de sorte que caiu no canal, onde repousa ainda e provavelmente repousará até o dia do juízo final.

Foi essa aventura, senhores, que rompeu completamente as relações entre o barão e o Grão Senhor. O caso do tesouro estava esquecido havia muito tempo, pois o sultão tinha recursos suficientes para tornar a encher sua caixa; e era a convite direto do soberano que o barão se encontrava naquele momento na Turquia. Ali estaria ainda, com certeza, se a perda daquele célebre canhão não tivesse encolerizado o Grão Senhor a tal ponto que deu ordem irrevogável para cortarem a cabeça do barão.

Mas uma certa sultana, que se tomara de grande afeto pelo meu protetor, preveniu-o dessa sanguinária resolução. Mais ainda, manteve-o escondido em seu quarto, enquanto o funcionário encarregado da execução o procurava por toda parte. Na noite seguinte, fugimos a bordo de um navio que se fazia à vela para Veneza, e felizmente escapamos ao terrível perigo.

O barão não gosta de falar nessa história, porque dessa vez não conseguiu realizar o que pretendia, e também porque quase vai para o outro mundo. Entretanto, não sendo ela de molde a atingi-lo em sua honra, costumo contá-la quando ele vira as costas.

A esta altura, senhores, já conheceis perfeitamente o barão de Münchhausen, e espero que não vos reste nenhuma objeção a manifestar contra a veracidade de suas narrativas; mas para que deixeis também de suspeitar da minha, devo dizer-vos em poucas palavras quem sou.

Meu pai era originário de Berna, na Suíça. Exercia ali o cargo de inspetor de ruas, becos, ruelas e pontes; esses funcionários têm naquela cidade o título, o título... hum! ... o título de lixeiros. Minha mãe, nativa das montanhas da Savoia, carregava no pescoço uma protuberância de tamanho e beleza notáveis, o que não é raro nas damas daquela terra. Ainda muito jovem deixou a casa dos pais, e os bons fados a conduziram à cidade onde meu pai viera à luz. Ela vagabundava um pouco; meu pai tinha defeito semelhante — e assim é que um dia se encontraram na casa de detenção.

Apaixonaram-se um pelo outro e casaram-se. Essa união não foi venturosa. Meu pai não tardou em abandonar minha mãe, deixando-lhe como única pensão alimentar o produto de uma cesta de recolher lixo, que lhe amarrou nas costas. A boa mulher ligou-se a um teatro ambulante que exibia títeres. A fortuna acabou por levá-la a Roma, onde ela montou um negócio de ostras.

Sem dúvida já ouvistes falar do papa Ganganelli, conhecido pelo nome de Clemente XIV, e sabeis o quanto ele gostava de ostras. Numa sexta-feira em que ele ia com grande pompa rezar missa na igreja de São Pedro, descobriu as ostras de minha mãe, — que eram notavelmente bonitas e fresquíssimas, como me disse ela várias vezes, — e não pôde deixar de parar para prová-las. Fez parar também as quinhentas pessoas que o acompanhavam, e mandou dizer na igreja que não podia celebrar missa aquela manhã. Desceu do cavalo, — pois os papas andam a cavalo nas grandes ocasiões, entrou na tenda de minha mãe e comeu todas as ostras que lá se encontravam; mas como havia mais no porão, chamou a comitiva, que esgotou completamente o sortimento. O papa e seus acompanhantes ficaram até o anoitecer, e antes de partir encheram minha mãe de indulgências, referentes não só às suas faltas passadas e presentes, como a todos os pecados que viesse a cometer no futuro.

Agora, senhores, permitir-me-eis não vos explicar claramente o que tenho em comum com essa história de ostras: penso que me haveis entendido suficientemente para não vos equivocardes sobre o meu nascimento.

CAPÍTULO XIII

O BARÃO RETOMA SUA NARRATIVA

Como é fácil imaginar, os amigos do barão não cessavam de lhe implorar que prosseguisse a narrativa, tão instrutiva quão interessante, de suas insólitas aventuras; mas esses rogos permaneceram por muito tempo baldados. O barão tinha o louvável hábito de só se deixar conduzir por sua fantasia, e o hábito mais louvável ainda de não se deixar desviar sob nenhum pretexto desse princípio solidamente firmado. Afinal chegou a noite tão desejada. Uma sonora risada do barão anunciou a seus amigos que a inspiração lhe viera, e que ia afinal ceder às instâncias deles:

"Conticuere omnes, intentique ora tenebant;"

ou, para ser mais claro, todo mundo calou e prestou ouvidos atentos. Semelhante a Eneias, Münchhausen, soerguendo-se no sofá bem estofado, começou assim:

Durante o último cerco de Gibraltar, embarquei numa frota sob o comando de lord Rodney, destinada a reabastecer aquela fortaleza. Pretendia fazer uma visita a meu velho amigo, o general Elliot, a quem a defesa da praça valeu merecidos louros, que o tempo não poderá murchar. Após dedicar alguns instantes às primeiras expansões de amizade, percorri a fortaleza em companhia do general, a fim de tomar conhecimento dos trabalhos e das disposições do inimigo. Trouxera de Londres uma excelente luneta com espelho, comprada em Dollond. Graças a esse instrumento, descobri que o inimigo apontava para o bastião onde nos encontrávamos uma peça de trinta e seis. Disse-o ao general, que verificou o fato, comprovando que eu não me enganava.

Com permissão dele, mandei trazer uma peça de quarenta e oito, tomada à bateria vizinha, e a apontei com tanta mira, — pois, em matéria de artilharia, posso afirmar sem jactância ainda não ter encontrado quem me suplantasse, — que estava certo de atingir meu alvo.

Observei com a maior atenção os movimentos dos canhoneiros inimigos e, no momento em que aproximavam a mecha, dei aos nossos o sinal de fogo: as duas balas se encontraram a meio caminho e chocaram-se com tão terrível violência que o efeito foi dos mais espantosos. A bala inimiga retrocedeu com tamanha rapidez em sua trajetória que não somente esmagou a cabeça do canhoneiro que a despachara, como decapitou dezesseis outros

Percorri a fortaleza com o general

soldados que fugiam para a costa da África. Antes de chegar ao país de Barbaria, cortou o grande mastro de três navios ancorados em fila no porto, penetrando duzentas milhas pela terra adentro, afundou o teto de uma choça de campônio e, depois de arrancar a uma pobre velha que ali dormia de barriga para cima o seu único dente, afinal parou na boca da mulher. O marido, retornando à casa alguns momentos depois, tentou extrair a bala; não o conseguindo, teve a oportuna ideia de martelá-la com um malho, fazendo-a penetrar na barriga da mulher, de onde saiu pouco depois pelo caminho natural.

Não foi esse o único serviço prestado pela nossa bala: além de rebater da maneira que descrevemos a do inimigo, prosseguiu na trajetória, arrancou de seu carrinho a peça apontada contra nós e lançou-a com tal violência de encontro ao costado de um navio que este começou a fazer muita água e sossobrou daí a pouco, com uns mil marinheiros e grande número de soldados que se encontravam a bordo.

Foi, sem contestação, um fato extraordinário. Não quero, entretanto, reinvidicar exclusivamente para mim a façanha: é verdade que a ideia original foi fruto de minha sagacidade, mas o acaso a ajudou em certa medida. Assim, feita a coisa, descobri que nossa peça de quarenta e oito tinha recebido carga dupla de pólvora; daí o maravilhoso efeito produzido sobre o projétil inimigo, e o alcance extremo do nosso.

Para me recompensar desse assinalado serviço, o general Elliot ofereceu-me uma patente de oficial, que recusei, contentando-me com os agradecimentos que me prodigalizou aquela noite, durante o jantar, na presença de todo o seu estado-maior.

Como tenho muita simpatia pelos ingleses, que são um povo realmente bravo, porfiei em não abandonar aquela fortaleza sem prestar novo serviço aos que a defendiam. Três semanas após o caso do canhão de quarenta e oito, apresentou-se afinal uma boa oportunidade.

Disfarcei-me de padre católico, saí da fortaleza por volta de uma da madrugada e consegui atravessar as linhas, penetrando no acampamento inimigo. Dirigi-me à tenda onde o conde de Artois reunira os chefes de corpos e numerosos oficiais para

comunicar-lhes o plano de ataque à praça, a ser executado na manhã seguinte. Tão perfeitamente me protegeu o meu disfarce que ninguém pensou em me mandar embora, e assim pude escutar tranquilamente tudo o que se disse. Concluído o conselho, foram-se deitar: daí a pouco todo o acampamento, inclusive as sentinelas, estava mergulhado num sono profundo. Pus logo mãos à obra: desmontei todos os seus canhões, que eram mais de trezentos, desde as peças de quarenta e oito às de vinte e quatro, e joguei-as ao mar, a uma distância de umas três milhas. Como não contava com ninguém para me ajudar, posso dizer que foi o trabalho que mais me custou, a não ser esse que vos comunicaram em minha ausência: quero referir-me ao enorme canhão turco, citado pelo barão Tott, com o qual atravessei o canal a nado.

Terminada a operação, transportei todos os carrinhos e todas as caixas de munição para o meio do acampamento. Temendo que o barulho das rodas despertasse os homens, carreguei-os dois a dois, debaixo do braço. Aquilo dava um bom monte, pelo menos da altura do rochedo de Gibraltar. Apanhei então um fragmento de uma peça de ferro de quarenta e oito e consegui fogo

dando com ele contra um muro, resto de uma construção mourisca, que estava enterrado pelo menos vinte pés: acendi uma mecha e ateei fogo ao monte. Esqueci de dizer que tinha posto no alto todas as munições de guerra.

Como tomara a precaução de colocar embaixo os materiais mais combustíveis, a chama logo se elevou, alta e brilhante. Para afastar de mim toda suspeita, fui o primeiro a dar o alarma. Como haveis de imaginar, o acampamento foi presa de terror. Supôs-se, para explicar o desastre, que os defensores da fortaleza tinham feito uma sortida, trucidado as sentinelas e assim conseguido destruir a artilharia.

Na descrição que fez desse célebre cerco, Mr. Drinkwater refere-se a uma grande perda sofrida pelo inimigo em consequência de um incêndio, mas não sabe a que atribuir a causa: isso, aliás, lhe era impossível, pois, — embora tivesse eu sozinho, naquela noite, salvo Gibraltar, — nada confidenciei a ninguém, nem

mesmo ao general Elliot. O conde de Artois, tomado de pânico, fugiu com todos os seus soldados e, sem se deter no caminho, chegou num abrir e fechar de olhos a Paris. Tamanho pavor que inspirou o desastre que não puderam comer durante três dias, alimentando-se de ar, como os camaleões.

Cerca de dois meses depois de haver prestado esse magnífico serviço aos sitiados, estava eu jantando com o general Elliot quando de repente uma bomba — eu ainda não tivera tempo de mandar os morteiros do inimigo juntarem-se aos seus canhões — penetrou no quarto e caiu em cima da mesa. O general fez o que qualquer pessoa teria feito nessa situação: saiu imediatamente da sala. Eu, porém, agarrei a bomba antes que explodisse e levei-a até o cume do rochedo. Desse observatório, avistei sobre uma falésia, próxima ao acampamento inimigo, um grande ajuntamento de pessoas; mas não podia distinguir a olho nu o que estavam fazendo. Tomei da minha luneta e vi

então que o inimigo, tendo-se apoderado de dois dos nossos, um general e um coronel, com os quais eu jantara ainda na véspera e que se haviam introduzido durante à noite no acampamento dos sitiantes, aprestava-se para enforcá-los como espiões.

A distância era grande demais para que eu lograsse êxito lançando a bomba com a mão. Felizmente, lembrei que trazia no bolso a funda de que David se serviu com tanta vantagem contra o gigante Golias. Coloquei ali a bomba e projetei-a no centro do ajuntamento. Ao tocar a terra ela estourou, matando todos os circunstantes, à exceção dos dois oficiais ingleses, que, para sorte deles, já estavam pendurados na forca: um estilhaço da bomba bateu no pé do cadafalso e o fez cair.

Nossos dois amigos, logo que se sentiram em terra firme, trataram de obter explicação do singular acontecimento; então, vendo os guardas, os carrascos e toda a assistência ocupados

em passar desta para melhor, livraram-se mutuamente da incômoda gravata que lhes apertava o pescoço, correram para a praia, saltaram dentro de um barco espanhol e se fizeram conduzir a nossos navios pelos barqueiros que o manejavam.

Alguns minutos depois, quando eu estava relatando o fato ao general Elliot, chegaram eles e, após uma cordial troca de agradecimentos e explicações, celebramos aquela memorável façanha da maneira mais alegre do mundo.

Leio em vossos olhos que estais todos desejando saber como possuo tesouro tão precioso como a funda de que acabo de falar. Pois bem, vou dizê-lo. Certamente não ignorais que descendo da mulher de Urias, a qual teve, como se sabe, relações muito íntimas com David. Mas, com o tempo — isso acontece frequentemente — Sua Majestade esfriou singularmente com respeito à condessa (título que ela recebera três meses depois da morte do marido). Um dia tiveram uma briga a respeito de um assunto da maior importância, qual seja o de saber em que região foi construída a arca de Noé e em que sítio pousou depois do dilúvio. Meu avô tinha pretensões a passar por grande antiquário, e a condessa era presidente de uma sociedade histórica: ele tinha o fraco, comum à maior parte dos grandes e a todos os pequenos, de não tolerar contradita; e ela, o defeito, peculiar ao seu sexo, de querer ter sempre razão em tudo. Daí sobreveio a separação.

Ela sempre ouvira falar daquela funda como de um instrumento preciosíssimo, e achou interessante carregá-la, sob pretexto de conservar uma lembrança dele. Mas, antes que minha antepassada transpusesse a fronteira, seis homens da guarda do rei saíram em sua perseguição. A condessa, ameaçada, serviu-se tão bem daquela arma que atingiu um dos soldados — o qual, mais zeloso que os demais, avançara à frente de seus companheiros — precisamente no lugar onde Golias foi atingido por David. Os guardas, vendo seu companheiro cair morto, ponderaram maduramente e

Celebravamos aquela memorável façanha da maneira mais alegre.

concluíram que o melhor a fazer seria reportar o caso ao rei. A condessa, de sua parte, achou prudente continuar a viagem para o Egito, onde contava numerosos amigos na corte.

Devo dizer-vos desde logo que, dos muitos filhos que teve de Sua Majestade, a condessa levou um para o desterro, seu predileto. Como a fertilidade do Egito assegurou a esse menino muitos irmãos e irmãs, ela lhe deixou em cláusula especial de seu testamento a famosa funda; e daí é que esta me veio em linha direta.

Meu tetravô, que possuía a funda, e que viveu há cerca de duzentos e cinquenta anos, conheceu, numa viagem à Inglaterra, um poeta que não passava de, plagiário, além de ser incorrigível caçador; chamava-se Shakespeare. Esse poeta, em cujas terras, certamente por direito de reciprocidade, ingleses e alemães hoje caçam impunemente, tomou emprestada a funda de meu avô e com ela matou tanta caça de sir Thomas Lucy que quase teve a mesma sorte dos meus amigos de Gibraltar. O pobre homem foi lançado à prisão e meu avô conseguiu pô-lo em liberdade graças a um processo todo particular.

A rainha Isabel, que reinava nesse tempo, ficou no fim da vida entregue a si mesma. Vestir-se, despir-se, comer, beber, realizar enfim todas as funções que não enumerarei, tornavam-lhe a vida insuportável. Meu avô conseguiu que ela passasse a fazer tudo isso segundo seu capricho, sozinha ou por procuração. E que pensais que pediu meu pai em troca desse assinalado serviço? A liberdade de Shakespeare. O excelente homem se tomara de tal afeição pelo poeta que teria de bom grado oferecido parte de sua vida para prolongar a do amigo.

De resto, posso assegurar-vos, senhores, que o método posto em prática pela rainha Isabel, de viver sem comer, não teve nenhum sucesso junto aos seus súditos, pelo menos junto a esses glutões esfomeados aos quais se deu o nome de *comedores de boi.* Ela própria não resistiu mais de sete anos e meio, ao fim dos quais morreu pouco de inanição.

Meu pai, de quem herdei a funda pouco antes de minha partida para Gibraltar, narrou-me a história seguinte, que os amigos frequentemente ouviram dele, e cuja veracidade ninguém que tenha conhecido esse digno ancião ousará contestar.

"Numa de minhas numerosas estadas na Inglaterra, contou-me ele, eu passeava certo dia à beira do mar, perto de Harvick. Eis que de repente um cavalo marinho se lança furioso contra mim. Minha única arma era a funda, com a qual expedi dois calhaus com tal pontaria que lhe furei os dois olhos. Saltei-lhe então em cima e o dirigi para o mar: pois, ao perder os olhos, perdera também toda ferocidade, e deixava-se levar como um carneiro.

Passei-lhe a minha funda na boca, à guisa de freio, e toquei-o para o largo.

Em menos de três horas atingimos a margem oposta: tínhamos feito trinta milhas nesse curto espaço de tempo. Em Helvoetsluys vendi minha montaria por setecentos ducados ao estalajadeiro das Três Taças, que exibiu esse animal extraordinário vendendo entradas e fez com isso um bom dinheiro. — Pode-se encontrar a descrição desse cavalo marinho em Buffon. — Por mais singular, no entanto, que tenha sido essa maneira de viajar, aduzia meu pai, as observações e descobertas que ela me permitiu fazer são ainda mais surpreendentes.

O animal sobre cujo dorso eu estava sentado não nadava: corria com incrível rapidez pelo fundo do mar, afugentando diante de si milhares de peixes, muito diferentes do que costumamos ver. Alguns tinham a cabeça no meio do corpo; outros se dispunham em círculo e cantavam coros de uma beleza inexprimível; outros construíam com água edifícios transparentes, cercados de colunas gigantescas nas quais ondulava uma matéria fluida e brilhante como a mais pura chama. Os quartos desses edifícios ofereciam todo o conforto desejável aos peixes de categoria; alguns eram adaptados para a conservação da desova; uma série de salas espaçosas se destinava à educação dos jovens peixes. O método de ensino, — tanto quanto pude julgar por meus olhos, pois as palavras me eram tão ininteligíveis quanto o cantar dos passarinhos ou o diálogo dos grilos, — esse método me parece tão semelhante ao que se emprega atualmente nos estabelecimentos filantrópicos que estou convicto de que um desses teóricos fez uma viagem análoga à minha, tendo pescado suas ideias na água,

Outros de dispunham em círculo e cantavam coros de uma beleza inexprimível.

ao invés de captá-las no ar. Aliás, disso que acabo de dizer podeis concluir que ainda resta no mundo um vasto campo aberto à exploração e à observação. Mas continuo minha narrativa.

Entre outros incidentes de viagem, atravessei uma imensa cadeia de montanhas, tão alta, pelo menos, quanto os Alpes. Inúmeras árvores de grande porte, de tipos variegados, cresciam nos flancos dos rochedos. Essas árvores produziam lagostas, camarões, ostras, mexilhões, caracóis marinhos, alguns tão monstruosos que um só bastaria para encher uma carroça, e o menor deles esmagaria um carregador. Todos os bichos dessas espécies que vêm dar às nossas praias e se vendem nos mercados não passam de coisinhas ínfimas, que a água tira dos galhos, assim como o vento faz cair as frutas menores. As árvores de lagostas me pareceram as mais bem fornidas; mas as de camarões e de ostras eram as maiores. Os caracoizinhos dão em moitas, que quase sempre ficam ao pé das árvores de camarões, e as envolvem como a hera ao carvalho.

Observei também o singular fenômeno produzido por um navio naufragado. Ao que parece, o navio se chocara com um rochedo, cuja ponta aparecia apenas três toesas acima da água, e, ao sossobrar, inclinara-se sobre um lado. Tendo descido em cima de uma árvore de lagostas, fizera despencar alguns frutos, os quais por sua vez caíram sobre uma árvore de camarões situada mais embaixo. Como isso ocorria na primavera, as lagostas, ainda novas, se uniram aos camarões; daí resultou um fruto que era uma mistura das duas espécies. Dada a raridade do fato, quis colher um espécime; mas esse peso me teria atrapalhado muito, e aliás meu Pégaso não queria parar.

Estava mais ou menos a meio caminho, num vale localizado a pelo menos quinhentas toesas abaixo da superfície do mar. Começava a faltar-me o ar. Além disso, minha situação não era nada agradável sob vários outros aspectos. De vez em quando encontrava grandes peixes, que, a julgar pelas suas bocarras escancaradas, pareciam bastante dispostos a nos engolir a ambos. Meu pobre Rossinante estava cego, e foi exclusivamente devido à minha prudência que consegui escapar às intenções hostis desses cavalheiros famintos. Continuei, pois, a galopar, com o objetivo de chegar o mais cedo possível a terra firme.

Encontrava de vez em quando grandes peixes.

Alcançando as praias da Holanda, e tendo apenas umas vinte toesas de água acima da cabeça, julguei perceber estendida na areia uma forma humana, que pela roupa reconheci ser mulher. Pareceu-me que ela ainda apresentava alguns sinais de vida, e, ao aproximar-me, vi-a, com efeito, mexer a mão. Agarrei essa mão e levei para bordo aquele corpo de aparência cadavérica. Embora a arte de ressuscitar os mortos estivesse menos adiantada naquele tempo que hoje, quando em cada porta de albergue se lê um cartaz: *Socorro aos afogados,* os esforços e o desvelo de um boticário do lugar lograram reavivar a pequena centelha de vida que restava àquela mulher. Tratava-se da cara-metade de um homem que comandava uma embarcação do porto de Helvoetsluys, e que se fizera ao mar pouco antes. Por má sorte, na azáfama da partida, embarcara outra mulher que não a sua. A esposa foi logo posta a par do fato por uma dessas vigilantes protetoras da paz do lar doméstico, que se chamam amigas íntimas; e, considerando que os direitos conjugais são tão sagrados e tão válidos no mar quanto na terra, lançou-se numa chalupa ao encalço do marido; chegando a bordo do navio, tentou, numa breve porém irreproduzível alocução, impor os seus direitos, e o fez de maneira tão enérgica que o marido julgou prudente recuar dois passos. O resultado foi que sua mão óssea, em vez de bater nas orelhas do marido, encontrou a água, e como essa superfície cedeu com mais facilidade do que o teria feito a outra, a pobre mulher só encontrou no fundo do mar a esperada resistência. Nesse momento é que a minha estrela me fez encontrá-la e me permitiu restabelecer na terra um casal feliz e fiel.

Dou-me conta facilmente das bênçãos com que o senhor marido me cumulou ao reencontrar, na volta, a terna esposa que eu salvara. De resto, por pior que fosse a peça por mim pregada a esse pobre-diabo, meu coração foi de uma perfeita inocência. Agi por pura caridade, sem suspeitar das amargas consequências que acarretaria a minha boa ação.

Aí terminava habitualmente a narrativa de meu pai, narrativa que me fez lembrar a famosa funda de que vos falei, a qual, depois de ter sido conservada tanto tempo em minha família e prestado tantos serviços notáveis, desempenhou seu

Caí em cima de um grande monte de feno.

papel contra o cavalo-marinho. Ela me pôde ainda servir, como vos relatei, ao ser acionada por minha mão e lançar uma bomba no meio dos espanhóis, salvando dois amigos meus de morte na forca. Mas foi esse seu último feito: grande parte dela foi-se com a bomba, e o pedaço que me ficou na mão é conservado nos arquivos da família, ao lado de grande número de relíquias das mais preciosas.

Pouco tempo depois deixei Gibraltar e voltei à Inglaterra, onde me sucedeu uma das mais singulares aventuras de minha vida.

Tinha eu ido a Wapping para acompanhar o embarque de vários objetos que estava mandando a meus numerosos amigos de Hamburgo; terminada a operação, retornei pelo *Tower Wharf.* Era meio-dia, e eu estava horrivelmente cansado. Para fugir à ardência do sol, veio-me a ideia de me meter num dos canhões da torre para repousar um pouco; apenas instalado, adormeci profundamente. Ora, acontece que estávamos precisamente a 1° de junho, aniversário do rei Jorge III e, a uma hora, todos os canhões deviam dar uma salva para comemorar a data. Tinham-nos carregado pela manhã e, como ninguém podia suspeitar de minha presença em semelhante lugar, fui atirado por cima das casas para o outro lado do rio, até um quintal de granja, entre Benmondsey e Deptford. Caí em cima de um grande monte de feno, onde continuei dormindo — o que se explica pelo desmaio que me acometeu durante o trajeto.

Cerca de três meses depois, o feno aumentou tão consideravelmente de preço que o granjeiro estimou vantajoso vender sua provisão de forragem. O monte onde eu me achava era o maior de todos, equivalendo a uns quinhentos quintais. Foi, assim, por ele que se começou. O barulho feito pelas pessoas que encostavam suas escadas para escalá-lo terminou por me acordar. Ainda meio aturdido, quis fugir e caí justamente em cima do proprietário do feno. A queda não me produziu o menor arranhão, mas o lavrador teve muito pior sorte: morreu na hora, pois eu, inocentemente, lhe quebrei o pescoço. Para descanso de minha consciência, soube mais tarde que o mequetrefe era um infame usurário, que acumulava seus frutos e cereais até o momento em que a escassez do produto lhe permitisse vendê-los a preços exorbitantes; de sorte que aquela morte violenta foi uma justa punição dos seus crimes e um serviço prestado ao bem público.

Mas qual não foi meu espanto quando, inteiramente lúcido, procurei articular meus pensamentos presentes com os que tinha ao adormecer três meses antes! Qual não foi a surpresa dos meus amigos de Londres ao me verem reaparecer depois das buscas infrutíferas que haviam empenhado para me localizar! Facilmente o podeis imaginar.

Agora, senhores, tomemos um copo de vinho, antes que eu vos passe a narrar mais uma de minhas aventuras marítimas.

CAPÍTULO XIV

OITAVA AVENTURA MARÍTIMA

Certamente já ouvistes falar da mais recente viagem de exploração ao Polo Norte, realizada pelo capitão Philips, hoje lorde Mulgrave. Acompanhei o capitão, não na qualidade de oficial, mas a título de amigo e curioso. Quando estávamos a um grau muito avançado de latitude norte, apanhei minha luneta, da qual já tomastes conhecimento a propósito das minhas aventuras em Gibraltar, e perscrutei a paisagem circundante. Pois, diga-se de passagem, sempre é bom, sobretudo quando se viaja, examinar vez por outra o que se passa em redor.

Cerca de uma milha adiante de nós flutuava um imenso bloco de gelo, pelo menos da altura de nosso mastro principal, e em cima dele estavam dois ursos brancos, que, segundo pude distinguir, se empenhavam num duelo feroz. Tomei do meu fuzil e desci para o gelo. Mas, quando atingi o cume, percebi que o caminho que estava seguindo era extremamente perigoso. Ora eu me via obrigado a saltar por cima de terríveis precipícios; ora o gelo era escorregadio e polido como um espelho, de modo que a todo momento eu caía e tornava a me levantar. Consegui, apesar de tudo, chegar até os ursos; mas verifiquei que em vez de lutar eles estavam simplesmente brincando.

Já calculava o valor da pele de ambos, — pois cada um era pelo menos do tamanho de um boi gordo; — mas, por má sorte, no momento em que ajustava minha arma, escorreguei com o pé direito, caí pra trás e desfaleci com a violência da queda, ficando inconsciente por mais de um quarto de hora. Figurai o terror que se apossou de mim quando, ao recobrar os sentidos, percebi que um dos monstros que me virara de costas e já agarrara entre os dentes o cós de minha calça de couro. A parte superior de meu corpo se apoiava sobre o peito do animal, e as pernas pendiam para a frente. Deus sabe aonde aquele horrível bicho me levaria! Mas não perdi a cabeça: saquei da minha faca, — esta faca aqui, senhores; — segurei a pata esquerda do urso e cortei-lhe três dedos. Largou-me e pôs-se a urrar de maneira apavorante. Peguei minha espingarda e fiz fogo no momento em que o animal ia atacar novamente, e ele caiu morto. O monstro sanguinário dormia o sono eterno; mas o ruído do tiro alertara milhares de seus companheiros, que descansavam em cima do gelo, num raio de um quarto de légua. Vieram todos disparados em minha perseguição.

Não havia tempo a perder. Eu estaria condenado se me não viesse uma ideia luminosa e imediata: veio! Em menos tempo que levaria um hábil caçador a tirar o couro de uma lebre, despi o urso morto, vesti-me com a roupa dele e escondi a cabeça debaixo da sua. Mal terminara essa operação quando o grupo todo se reuniu em torno de mim. Confesso que sentia, debaixo da minha pele felpuda, terríveis alternativas de calor e frio. Contudo, meu ardil teve um efeito maravilhoso. Vieram um após outro me cheirar, e pareceram tomar-me por um dos seus. De resto a semelhança era bastante razoável e, com um pouco mais de corpulência, seria perfeita; ademais, havia na assembleia numerosos ursinhos não mais corpulentos que eu. Depois de me terem cheirado bem, a mim e ao cadáver de minha vítima, familiarizamo-nos rapidamente: eu imitava na perfeição os gestos e movimentos deles, só levando desvantagem no que se referia a roncos, mugidos e urros. Entretanto, por mais urso que eu parecesse, o fato é que era homem! Comecei

Mal eu terminara, o grupo todo se reuniu em torno de mim,

a procurar o melhor meio para usar em meu benefício a intimidade que se estabelecera entre nós.

Lembrei-me de que um velho cirurgião militar costumava dizer que uma incisão feita na espinha dorsal causa morte instantânea. Decidi experimentar. Retomei minha faca, e com ela golpeei o maior dos ursos perto do ombro, na nuca. Haveis de convir que era uma temeridade e que eu tinha razões de sobra para me inquietar. Se o animal sobrevivesse ao ferimento, eu estaria perdido, seria despedaçado. Afortunadamente, minha tentativa teve êxito: o urso caiu morto a meus pés, sem mais um movimento sequer. Resolvi então dar cabo assim de todos os demais, o que não me foi difícil; pois, embora vissem os seus irmãos caindo um após outro, de nada desconfiavam, não imaginando nem a causa nem o resultado daquela queda sucessiva dos coitados. Foi o que me salvou. Quando os vi todos caídos, mortos, a meu redor, senti-me tão orgulhoso quanto Sansão depois de derrotar os filisteus.

Voltei ao navio, pedi a três quartas partes da tripulação que me ajudassem a retirar as peles e trazer os presuntos para bordo. Lançamos o excedente ao mar, embora, convenientemente salgado, aquele fosse um alimento bem tolerável.

Logo ao meu regresso, enviei, em nome do capitão, alguns presuntos de urso aos lordes do Almirantado, aos lordes do Tesouro, ao lorde-prefeito e aos edis de Londres, aos clubes de comércio, e distribui o restante entre amigos meus. Recebi de toda parte os mais calorosos agradecimentos: a Cidade me retribuiu a gentileza convidando-me para o jantar anual que se realiza por motivo da nomeação do lorde-prefeito.

Mandei as peles de urso à imperatriz da Rússia, para servirem como peliças de inverno a Sua Majestade e a sua corte. Ela me agradeceu numa carta autógrafa trazida por um embaixador extraordinário, e na qual me pedia que fosse compartilhar do trono com ela, mas como nunca tive muito gosto pela realeza, rejeitei, nos termos mais delicados, a oferta de Sua Majestade. O embaixador que me trouxera a carta tinha ordem de esperar minha resposta para levá-la à soberana. Uma segunda carta, que

Quando os vi todos caídos, mortos, a meu redor.

tempos depois recebi da imperatriz, convenceu-me da elevação de seu espírito e da intensidade de sua paixão. Sua última doença, — que a surpreendeu no momento em que — pobre e sensível mulher! — se entretinha com o conde Dolgoruki, só pode ser atribuída à crueldade de que foi vítima de minha parte. Não sei que impressão produzo às mulheres, mas devo dizer que a imperatriz da Rússia não foi a única que, do alto do seu trono, me ofereceu a mão.

Houve quem espalhasse o rumor de que o capitão Philips não foi tão longe na direção norte quanto poderia ter ido. É meu dever defendê-lo nesse ponto. Nosso navio estava prestes a atingir o pólo, quando eu o carreguei com uma tal quantidade de peles e presuntos de urso que seria loucura ir mais longe; não teríamos condições de navegar contra o mais débil vento contrário, e menos ainda contra os gelos que enchem o mar naquela latitude.

O capitão confessaria depois, muitas vezes, o quanto lamentava não haver tomado parte nessa gloriosa jornada que denominou enfaticamente a *jornada das peles de urso.* Inveja a minha glória, e tenta por todos os meios depreciá-la. Discutimos muito a esse respeito, e até hoje nossas relações não são das melhores. Ele acha, por exemplo, que não há grande mérito em ludibriar os ursos metendo-se na pele de um deles; e que ele teria ido sem máscara para o meio dos ursos, mesmo assim fazendo-se passar por um deles.

Mas este é um ponto delicado demais para que um homem que se pretende bem educado corra o risco de discuti-lo com um nobre par da Inglaterra.

CAPÍTULO XV

NONA AVENTURA MARÍTIMA

Fiz uma outra viagem, esta da Inglaterra às Índias Orientais, com o capitão Hamilton. Levava comigo um perdigueiro que valia, na exata acepção da palavra, o seu peso em ouro, pois nunca me falhou uma vez. Num dia em que, segundo os melhores cálculos, nos encontrávamos a pelo menos trezentas milhas de terra, meu cão parou na posição de quem pressente caça. Comuniquei o fato ao capitão e aos oficiais de bordo, assegurando-lhes que devíamos estar perto de terra, já que meu perdigueiro farejava caça. Só obtive como resposta enormes gargalhadas, o que em absoluto modificou o alto conceito em que tinha o meu cachorro.

Após longa discussão em que foi debatido o meu parecer, acabei declarando abertamente ao capitão que eu tinha mais confiança no nariz de meu Traï que nos olhos de todos os marinheiros de bordo, e apostei audaciosamente cem guinéus — soma que destinara àquela viagem — em que encontraríamos caça até daí a meia hora.

O capitão, que era excelente homem, redobrou de gargalhadas, e pediu ao Dr. Crawford, nosso médico, que me tomasse o pulso. O doutor obedeceu, declarando que eu estava em perfeita saúde. Puseram-se então a falar em voz baixa. Assim mesmo, consegui captar algumas frases da conversa.

— Ele não está com a cabeça no lugar, disse o capitão. Honestamente, não posso aceitar essa aposta.

— Sou de opinião inteiramente contrária, replicou o médico; o barão não está absolutamente fora de seu juízo normal. Apenas confia mais no faro de seu cachorro que na ciência de nossos oficiais, só isso. De qualquer forma, vai perder, e será bem feito.

Traï não se mexera durante toda essa conversa, o que me firmou em minha opinião. Propus pela segunda vez a aposta, afinal aceita.

Apenas havíamos pronunciado a incitação sacramental ao perdigueiro, marinheiros que se encontravam na chalupa da popa, pescando de anzol, apanharam um enorme cão marinho, que logo trouxeram para o convés. Começaram a esquartejá-lo, e eis que lhe descobrem no ventre seis casais de perdizes vivas!

Os pobres bichos estavam morando ali havia tanto tempo que uma das perdizes se ocupava em chocar cinco ovos, num dos quais uma perdizinha já saía da casca.

Criamos essas avezinhas junto com uma ninhada de gatos que tinham vindo ao mundo alguns minutos antes. A mamãe gata gostava tanto delas quanto dos filhos, e ficava aflita cada vez que uma das perdizes se afastava e tardava em voltar para junto dela. Como em nosso aviário havia quatro perdizes que não paravam de chocar alternadamente, nossa mesa não deixou de estar provida de caça durante toda a viagem.

Para recompensar o meu bravo Traï pelos cem guinéus que me fez ganhar, eu lhe dava de cada vez os ossos das perdizes que comíamos, e mesmo, de vez em quando, uma perdiz inteira.

CAPÍTULO XVI

DÉCIMA AVENTURA MARÍTIMA.
SEGUNDA VIAGEM À LUA

Já vos falei, senhores, de uma viagem que fiz à lua para procurar a minha machadinha de prata. Tive mais uma oportunidade de lá voltar, porém de maneira muito mais agradável, pois pude demorar-me bastante tempo e fazer diversas observações que vos comunicarei tão exatamente quanto o permitir minha memória.

Um dos meus parentes afastados encasquetara-se com a ideia de que devia haver por força, em qualquer lugar, um povo de gigantes igual ao que Gulliver dissera ter encontrado no reino de Brobdignag. Resolveu partir à descoberta desse povo, e pediu-me que o acompanhasse. De minha parte, eu sempre considerara a narrativa de Gulliver como uma história da carochinha, e acreditava tanto na existência de Brobdignag quanto na do Eldorado; mas como esse estimável parente me fizera seu herdeiro universal, compreendeis que eu devia ter com ele a

Quando descobrimos uma vasta terra, redonda e brilhante

maior consideração. Chegamos ao mar do Sul sem nada encontrar de notável, a não ser alguns homens e mulheres voadores que faziam cabriolas e dançavam minueto no espaço.

No décimo oitavo dia após termos ultrapassado Taiti, um tufão ergueu nosso barco a quase mil léguas acima do mar, mantendo-nos nessa posição durante certo tempo. Afinal, um vento à feição inflou nossas velas e nos arrebatou com extraordinária rapidez. Viajávamos havia seis semanas por cima das nuvens quando descobrimos uma vasta terra, redonda e brilhante, que parecia uma ilha radiosa. Entramos num excelente porto, atracamos e descobrimos que o país era habitado. Em redor, víamos cidades, árvores, montanhas, rios, lagos, de sorte que nos julgávamos de volta à terra que havíamos deixado.

Na lua, — pois era ela a ilha radiosa onde acabávamos de abordar, — vimos grandes seres montados em abutres de três cabeças. Para dar-vos ideia do tamanho desses pássaros, basta dizer que a distância de uma ponta de asa à outra era seis vezes maior que a mais longa de nossas vergas. Em vez de andar a cavalo, como fazemos nós, habitantes da terra, a gente da lua montava essa espécie de animais.

Na época em que chegamos, o rei desse país estava em guerra com o sol. Ofereceu-me uma patente de oficial, mas não aceitei a honraria de Sua Majestade.

Tudo, naquele mundo, é desmedidamente grande; uma mosca comum, por exemplo, é quase do tamanho de um dos nossos carneiros. As armas usuais dos habitantes da lua são rábanos silvestres, que eles manejam como azagaias e que matam a quem atingem. Quando passa o tempo dos rábanos, usam talos de aspargos. À guisa de escudos, utilizam vastos cogumelos.

Vi também nesse país habitantes de Sirius que lá estavam a negócios. Têm cabeças de buldogue e os olhos localizados na ponta do nariz; ou melhor, na parte inferior desse apêndice. Não possuem pálpebras; quando querem dormir, tapam os olhos com a língua. Sua altura média é de vinte pés, enquanto que a dos habitantes da lua nunca chega a menos de trinta e seis pés. O nome pelo qual estes últimos são conhecidos é bastante singular; pode-se traduzir por seres cozinhantes. Chamam-se assim porque preparam sua comida ao fogo, como nós. Aliás, não perdem muito tempo em suas refeições: do lado esquerdo são providos de uma janelinha que abrem e por onde jogam a porção inteira no estômago; feito o quê, fecham a janelinha e recomeçam a operação ao cabo de um mês, dia por dia. Só fazem doze refeições por ano, sistema que todo indivíduo sóbrio deve achar bem superior ao adotado entre nós.

As alegrias do amor são completamente desconhecidas na lua, pois entre os seres cozinhantes, como entre os outros animais, só existe um sexo. Tudo cresce nas árvores, que diferem até o infinito umas das outras, conforme os frutos que dão. As que produzem seres cozinhantes, ou homens, são muito mais belas que as outras; têm grandes galhos retos e folhas cor de carne; seu fruto é uma noz de casca duríssima e no mínimo seis pés de comprimento. Quando amadurecem, o que se comprova pela cor, são colhidas com grande cuidado, e conservam-se pelo tempo que se considera conveniente. Quando se pretende tirar-lhes o caroço, costuma-se jogá-las num caldeirão de água fervente; algumas horas depois, a casca se desprende e sai uma criatura viva.

Antes de virem ao mundo, seu espírito já recebeu um destino determinado pela natureza.

De uma casca nasce um soldado, de outra um filósofo, de uma terceira um teólogo, de uma quarta um jurisconsulto, de uma quinta um proprietário de terras, de uma sexta um camponês, e assim por diante. Cada qual se põe imediatamente a praticar o que já conhece em teoria. A dificuldade está em avaliar com certeza o que a casca contém; na ocasião em que eu me achava no país, um sábio lunar anunciou ruidosamente que possuía esse segredo. Mas não lhe deram grande atenção; em geral, deram-no por louco.

Quando as criaturas da lua envelhecem, não morrem: dissolvem-se no ar e desfazem-se em fumaça.

Como não dependem de nenhuma excreção, não experimentam a necessidade de beber. Têm um só dedo em cada mão, com o qual fazem tudo melhor que nós com o nosso polegar e seus quatro ajudantes.

Trazem a cabeça debaixo do braço direito e, quando viajam ou vão executar algum trabalho que exige grande movimento, deixam-na habitualmente em casa; pois podem pedir-lhe conselho a qualquer distância que estejam.

As altas personalidades da lua, quando querem saber o que faz a gente do povo, não lhe vão ao encontro; ficam em casa, isto é, o seu corpo fica em casa e mandam a cabeça à rua para ver o que se passa. Uma vez colhidas as informações, a cabeça volta quando o dono a chama.

As sementes das vinhas lunares são perfeitamente iguais ao nosso granizo, e estou firmemente convencido de que quando uma tempestade arranca os grãos de sua haste, são as pevides que caem em nossa terra em forma de chuva-de-pedra. Estou mesmo inclinado a acreditar que essa observação deve ser conhecida, há muito tempo, por mais de um negociante de vinho; pelo menos tenho bebido muito vinho que me pareceu feito de granizo, e cujo gosto faz lembrar o do vinho da lua.

Ia-me esquecendo de um pormenor dos mais interessantes. Os habitantes da lua usam o ventre como se fosse uma bolsa: guardam ali tudo o de que necessitam, fecham-no e abrem-no à vontade, pois não possuem entranhas, estômago, fígado ou coração. Também não andam vestidos, já que a ausência de sexo os dispensa de ter pudor.

Podem a seu bel-prazer tirar e repor os olhos e, quando os têm à mão, enxergam tão bem quanto se os tivessem na cara. Se, porventura, perdem ou quebram algum, podem comprar ou alugar um novo, que lhes presta serviço idêntico. Em consequência, encontram-se na lua, a cada esquina, pessoas que vendem olhos; e o sortimento é dos mais variados, pois a moda muda frequentemente: ora são os olhos azuis, ora os negros que têm preferência.

Reconheço, cavalheiros, que tudo isso vos pode parecer estranho; mas peço àqueles que põem em dúvida a minha sinceridade que deem um pulo até a lua. Lá se convencerão de que fui mais fiel à verdade do que qualquer viajante.

CAPÍTULO XVII

VIAGEM ATRAVÉS DA TERRA
E OUTRAS AVENTURAS NOTÁVEIS

A julgar pelos vossos olhos, mais depressa eu me fatigaria narrando os acontecimentos extraordinários de minha vida do que vós escutando-os. Vossa bondade é por demais lisonjeira para que eu me limite, como me propusera, ao relato de minha segunda viagem à lua. Escutai, pois, se assim vos apraz, uma história cuja autenticidade é tão incontestável quanto a da precedente, mas que a sobrepuja pelo que encerra de estranho e maravilhoso.

A leitura da Viagem de Brydone à Sicília inspirou-me um ardente desejo de visitar o Etna. A caminho, nada me aconteceu que fosse digno de nota: o que deve ser ressaltado, porque

muitos outros, para fazer pagar por leitores ingênuos suas despesas de viagem, não teriam deixado de transmitir longamente e enfaticamente muitos detalhes vulgares que não merecem reter a atenção das pessoas honestas.

De manhã, bem cedo, saí eu de uma cabana no sopé da montanha, firmemente decidido a examinar, ainda que ao preço de minha vida, o interior daquele célebre vulcão. Depois de três horas de penosa caminhada, atingi o cume da montanha. Havia três semanas que o vulcão roncava incessantemente. Não duvido, senhores, de que já conheçais o Etna pelas numerosas descrições que dele foram feitas: não tentarei, portanto, repetir-vos o que já sabeis tão bem quanto eu; do mesmo passo me pouparei trabalho, e a vós um cansaço inútil.

Dei três voltas em redor da cratera, — da qual podereis fazer ideia imaginando um imenso funil, — e, após reconhecer que de nada me adiantaria ficar rodando, tomei bravamente minha resolução, e decidi saltar lá dentro. Mal dei o pulo, senti-me como que mergulhado num banho de vapor escaldante; as brasas que dali saltavam sem parar atingiram e queimaram todo o meu pobre corpo.

Mas, apesar da violência com que jorravam as matérias incandescentes, eu descia mais depressa do que elas subiam, graças à lei da gravidade, e em alguns instantes cheguei ao fundo. A primeira coisa que me chamou a atenção foi uma algazarra medonha, um coro de pragas, de gritos e urros que parecia elevar-se em torno de mim. Abri os olhos e... que vejo? Vulcano em pessoa, acompanhado de seus ciclopes. Esses senhores, que a meu juízo já estavam há muito tempo relegados ao domínio da ficção, levavam três semanas brigando por causa de um artigo do regimento interno, e era essa disputa que fazia estremecer a superfície exterior. Minha aparição restabeleceu como por encanto a paz e a concórdia na barulhenta assembleia.

Vulcano correu imediatamente, coxeando, para o seu armário, de onde tirou unguentos e pomadas, que me aplicou ele próprio; alguns minutos depois, meus ferimentos tinham sarado. Ofereceu-me a seguir refrescos, um frasco de néctar e outros vinhos preciosos, coisa que só os deuses e as deusas bebem. Logo que me refiz um pouco, apresentou-me a Vênus, sua esposa, recomendando-lhe que me prodigalizasse os cuidados a que eu fazia jus por minha situação. A suntuosidade do quarto a que ela me conduziu, a maciez do sofá onde me fez sentar, o encanto divino que se irradiava de toda sua pessoa, a ternura de seu coração, são coisas que palavras das línguas terrenas não conseguem exprimir; só de pensar, roda-me a cabeça!

Fez-me Vulcano uma descrição muito pormenorizada do Etna. Explicou que aquela montanha não passava de um monte de cinzas saídas da fornalha; que era frequentemente obrigado

a castigar seus operários; e que então, em sua cólera, atirava-lhes brasas, que eles aparavam com grande habilidade, a fim de levá-lo a esgotar suas munições. "Nossas querelas, — acrescentou, - chegam a durar vários meses, e os fenômenos que delas resultam na superfície da terra são o que os senhores chamam, se não me engano, erupções. O Monte Vesúvio é também de minhas forjas. Chego a ele através de uma galeria de trezentas e cinquenta milhas de comprimento que passa por baixo do leito do mar. Também ali, dissensões semelhantes acarretam sobre a terra acidentes análogos."

Ao mesmo tempo que fruía a instrutiva conversação do marido, encantava-me ainda mais a companhia da mulher, e talvez nunca tivesse deixado aquele palácio subterrâneo se as más línguas não houvessem posto a pulga atrás da orelha do senhor Vulcano, acendendo-lhe no coração o fogo do ciúme. Da maneira mais intempestiva, ele me agarrou uma manhã pela gola do casaco, no momento que assistia à *toilette* da bela deusa, e transportou-me a um quarto que eu ainda não conhecia; manteve-me suspenso em cima de uma espécie de poço profundo e disse-me: "Volta, mortal ingrato, ao mundo de onde vieste!"

Pronunciando essas palavras, sem me permitir qualquer réplica em minha defesa, precipitou-me no abismo.

Manteve-me suspenso em cima de uma espécie de poço profundo.

Fui caindo com rapidez crescente, até que o medo me fez desfalecer completamente. Mas de repente voltei a mim, sentindo-me mergulhado numa imensa massa de água iluminada pelos raios do sol: era o paraíso e o repouso, em comparação com a tenebrosa viagem que acabava de fazer.

Olhei em torno de mim, mas só via água por todos os lados. A temperatura era bem diferente daquela a que me habituara em casa do senhor Vulcano. Afinal, lobriguei a alguma distância um objeto que dava a impressão de ser um enorme rochedo, e que parecia dirigir-se para mim: logo verifiquei que era uma massa de gelo flutuante. Com muita dificuldade consegui um lugar por onde subir, e cheguei até o topo. Para meu grande desespero, não descobri nenhum indício que me anunciasse a proximidade de terra. Por fim, antes do cair da noite, avistei um navio que vinha em minha direção. Logo que o achei ao alcance de voz, gritei com todas as minhas forças; responderam-me em holandês. Atirei-me ao mar e nadei até o navio, a cujo bordo me recolheram. Indaguei onde estávamos. "No mar do Sul"' responderam-me. Esse fato esclarecia todo o enigma. Era evidente que eu tinha atravessado o centro do globo, indo do Etna ao mar do Sul: o que é muito mais expedito do que dar a volta ao mundo. Ninguém antes de mim tentou essa travessia, e se um dia eu refizer a viagem, prometo trazer observações do mais alto interesse.

Pedi de comer e beber, depois deitei-me. Que gente grosseira, meus senhores, são os holandeses! No dia seguinte contei minha aventura aos oficiais, tão exata e simplesmente como estou fazendo agora, e vários deles, sobretudo o capitão, fizeram um ar de quem duvidava da autenticidade de minhas palavras. Entretanto, como me haviam dado hospitalidade a bordo, e como eu só estava vivo graças a eles, tive que engolir a humilhação sem me dar por achado.

Perguntei-lhes qual era o objetivo de sua viagem. Responderam-me que faziam uma expedição de descobrimento, e que, se o que eu contava era verdade, seu propósito estava atingido. Nós nos encontrávamos precisamente na rota seguida pelo capitão Cook, e chegamos no dia seguinte a Botany Bay, lugar

para onde o governo inglês mandava não os maus elementos, para puni-los, mas as pessoas de bem, para recompensá-las, tanto essa região é formosa e ricamente dotada pela natureza.

Ficamos apenas três dias em Botany Bay. No quarto dia após nossa partida desencadeou-se uma pavorosa tormenta, que rasgou todas as nossas velas, quebrou nosso mastro de proa e derrubou o mastaréu do joanete, que caiu em cima da cabina onde ficava a bússola, inutilizando-a. Quem quer que tenha navegado logo percebe as consequências de um acidente desses. Não mais sabíamos onde estávamos, nem aonde ir. Afinal a tempestade amainou e foi seguida por um bom vento contínuo. Navegávamos havia três meses e devíamos ter feito um enorme percurso, quando de súbito notamos uma singular mudança em tudo o que nos cercava. Sentiamo-nos alegres e bem dispostos, nossas narinas aspiravam os odores mais suaves e balsâmicos; o próprio mar havia mudado de cor: não era mais verde, era branco.

Logo avistamos terra, e a alguma distância um porto para o qual rumamos, encontrando-o espaçoso e profundo. Em vez de água, estava cheio de um leite delicioso. Descemos à terra e vimos que toda a ilha era um imenso queijo. Não o teríamos talvez percebido, se uma circunstância especial não nos pusesse na pista. Tínhamos em nosso navio um marinheiro que dedicava ao queijo uma visceral antipatia. Ao colocar o pé em terra, caiu desmaiado. Quando voltou a si, pediu que lhe tirassem o queijo

de sob os pés; foi-se verificar, e reconheceu-se que ele tinha toda razão: a tal ilha não passava, como acabamos de dizer, de um enorme queijo. A maioria dos habitantes se alimentava dele; as partes comidas durante o dia eram substituídas à noite.

Descobrimos na ilha uma grande quantidade de vinhedos carregados de grandes cachos de uvas, as quais, espremidas, davam leite. Os ilhéus eram esbeltos e bonitos, e tinham, quase todos, nove pés de altura; possuíam três pernas e um braço, e os adultos traziam na testa um chifre do qual se serviam com incrível habilidade. Andavam e corriam na superfície do leite, sem afundar, com tanta segurança como se se tratasse de um gramado.

A ilha, ou melhor, o queijo produzia grande quantidade de trigo, cujas espigas, semelhantes a cogumelos, continham pães já assados e prontos a ser comidos. Atravessando o queijo, encontramos sete rios de leite e dois de vinho.

Após uma viagem de dezesseis dias, chegamos à margem oposta àquela onde tínhamos desembarcado. Deparamos nessa parte da ilha com planícies inteiras daquele queijo já azul de velho, tão apreciado pelos entendidos.

Mas, ao invés de bichos, cresciam ali magníficas árvores frutíferas, como cerejeiras, damasqueiros, pereiras e vinte outras espécies que desconhecemos. Essas árvores, extraordinariamente grandes e grossas, abrigavam imensa quantidade de ninhos de pássaros. Observamos, entre outros, um ninho de alcíones,

cujo diâmetro era cinco vezes maior que a cúpula da igreja de São Paulo, em Londres; artisticamente construído com árvores gigantescas, continha... — esperem, que me lembro muito bem do número! continha quinhentos ovos, o menor dos quais era do

tamanho de uma barrica. Não pudemos ver as crias que lá se encontravam, mas escutamo-las silvar. Abrindo com grande dificuldade um dos ovos, vimos emergir uma avezinha implume, do tamanho aproximado de vinte dos nossos condores. Mal tínhamos feito nascer o jovem pássaro, o velho alcíone atirou-se sobre nós, arrebatou o capitão numa de suas garras, elevou-o à altura de uma boa légua, bateu-lhe violentamente com as asas e largou-o no mar.

Os holandeses nadam como ratos de água, de modo que o capitão logo se juntou a nós, e tornamos todos ao nosso navio. Mas não voltamos pelo mesmo caminho, o que nos permitiu fazer novas observações. Na caça que abatemos, havia dois búfalos de uma espécie peculiar, com um só chifre, situado entre os dois olhos. Lamentamos mais tarde havê-los matado, pois soubemos que os habitantes da ilha os domesticavam, usando-os como cavalos de tiro ou de sela. Asseguraram-nos que tinham uma carne excelente, embora absolutamente inútil a um povo que vive de leite e queijo.

Elevou-o à altura de uma boa légua

Dois dias antes de voltar ao nosso navio, vimos três indivíduos pendurados pelas pernas em grandes árvores. Perguntei que crime lhes valera aquele terrível castigo, sabendo então que era o de terem ido ao exterior e contado a seus amigos, de regresso, uma série de mentiras, descrevendo-lhes lugares que não tinham visto e aventuras que não tinham vivido. Achei bem merecida essa punição, já que o primeiro dever de um viajante é não se afastar jamais da verdade.

De regresso a bordo, levantamos âncora e abandonamos aquele estranho país. Todas as árvores da margem, algumas enormes e muito altas, inclinaram-se duas vezes, saudando-nos à nossa passagem. Feito o que, retornaram à sua antiga posição.

Depois de vaguear durante três dias, Deus sabe por onde, — pois continuávamos sem bússola, — chegamos a um mar que parecia todo negro: experimentamos o que parecia ser água suja e verificamos que era vinho, do melhor! Tivemos a maior dificuldade do mundo em impedir que nossos marujos se embriagassem. Mas nossa alegria não durou muito, posto que, algumas horas depois, vimo-nos cercados por baleias e outros peixes não menos gigantescos; havia um de comprimento tão prodigioso que mesmo com um binóculo não conseguimos enxergar-lhe a extremidade. Por desgraça, só demos pelo monstro quando estava pertinho de nós: engoliu de uma só vez o nosso navio, com todos os seus mastros e velas desfraldadas.

Depois de passarmos algum tempo na sua goela, ele tornou a abrir a boca para engolir uma enorme massa de água: nosso navio, erguido por esse vagalhão, foi arrastado para o estômago do monstro, onde ficamos como se tivéssemos ancorado devido à calmaria. O ar, devo reconhecer, era quente e pesado. Vimos nesse estômago âncoras, cabos, chalupas, barcos e bom número de navios, uns carregados, vazios outros, que tinham tido a mesma sorte nossa. Éramos obrigados a viver à luz de tochas; não havia para nós nem sol, nem lua, nem planetas. Geralmente ficávamos duas vezes por dia flutuando e duas vezes a seco. Quando o peixe bebia, flutuávamos; quando largava a água, ficávamos a seco. Segundo cálculos precisos que fizemos, a quantidade de água que ele tragava a cada gole daria para encher o lago de Genebra, cujo diâmetro é de trinta milhas.

No segundo dia de nosso cativeiro nesse tenebroso domínio, arrisquei-me com o nosso capitão e alguns oficiais a uma pequena excursão, no momento da maré baixa, como dizíamos. Munidos de tochas, encontramos sucessivamente cerca de dez

mil homens de todas as nações, que estavam na mesma situação que nós. Aprestavam-se a deliberar sobre os meios de recuperar a liberdade. Alguns já levavam vários anos no ventre do monstro. Mas, no momento em que o presidente nos instruía sobre a questão que iam debater, nosso diabo de peixe teve sede e começou a beber: a água irrompeu com tanta violência que mal tivemos tempo de volver a nossos navios: vários dos assistentes, mais lerdos que os outros, foram obrigados a nadar.

Quando o peixe se esvaziou, tornamos a nos reunir. Escolheram-me presidente. Propus juntar pela ponta os dois maiores mastros e, quando o monstro abrisse a boca, colocá-los de maneira a impedir que ele a fechasse. A proposta foi aprovada unanimemente, e cem homens, escolhidos entre os mais robustos, se encarregaram de executá-la. Logo depois que os dois mastros foram dispostos segundo minhas instruções, apresentou-se uma situação favorável. O monstro se pôs a bocejar; então, erguemos nossos dois mastros de maneira que a extremidade inferior ficasse espetada em sua língua, e a outra penetrasse no céu-da-boca: daí por diante era-lhe impossível juntar as suas mandíbulas.

Logo que ficamos a seco, armamos as chalupas que nos rebocaram e nos trouxeram de volta ao mundo. Foi com indizível alegria que revimos a luz do sol, da qual estivéramos privados durante quinze dias de cativeiro. Quando todo mundo saiu daquele bruto estômago, formamos uma frota de trinta e cinco navios de todas as nações. Deixamos nossos dois mastros espetados na goela do peixe, para salvar de um acidente semelhante ao nosso quem fosse arrastado para aquele abismo.

Uma vez libertados, nossa primeira preocupação foi saber em que parte do mundo nos encontrávamos; levamos muito tempo até chegarmos a uma certeza. Afinal, graças a minhas observações anteriores, descobri que estávamos no mar Cáspio. Como esse mar é cercado de terra por todos os lados, não se comunicando com nenhum outro lençol de água, não podíamos compreender como tínhamos chegado ali. Um habitante da ilha de queijo, que eu trouxera comigo, explicou-nos a coisa muito razoavelmente. Segundo ele, o monstro em cujo estômago tínhamos permanecido por tanto tempo chegara àquele mar por alguma rota subterrânea. — Em suma, estávamos ali, e muito contentes de estar; dirigimo-nos a velas pandas para terra. Fui o primeiro a descer.

Mal tinha posto pé em terra firme, fui assaltado por um avantajado urso.

"Ah! Ah! pensei, em boa hora chegas!"

Agarrei-lhe as patas da frente em minhas mãos e apertei-as com tamanha cordialidade que se pôs a urrar desesperadamente. Mas, sem me deixar comover por suas lamentações,

mantive-o naquela posição até que ele morresse de fome. Graças a essa proeza, inspirei tamanho respeito a todos os ursos que daí por diante nenhum deles quis mais briga comigo.

Dali dirigi-me a São Petersburgo, onde recebi de um velho amigo um presente que me foi extremamente agradável. Era um cão de caça, descendente da famosa cadela de que já vos falei, e que deu cria caçando uma lebre.

Infelizmente, esse cão foi morto por um caçador desastrado, que o atingiu ao atirar sobre um bando de perdizes. Mandei fazer com a pele do animal este colete que estou usando e que, quando vou à caça, me conduz infalivelmente no rumo certo. Ao chegar eu bastante próximo para poder atirar, um botão do meu colete salta para o lugar onde está a caça e, como minha espingarda está sempre armada e escorvada, nunca erro o tiro.

Só me restam, como vedes, três botões; mas logo que se reabrir a temporada de caça, mandarei pregar duas fileiras. Vinde ver-me então, e tereis muito com que vos divertir.

Por hoje, tomo a liberdade de me retirar, e desejo-vos uma boa noite.

Este livro foi composto com a tipografia Times New Roman
e impresso pela Metal Brasil.